DEIRDRE PURCELL

TÁ JESUS AGUS BILLY AG IMEACHT GO BARCELONA

Aistritheoir: Lorraine Ní Dhonnchú

Comhairleoir Teanga: Pól Ó Cainín

Rugadh agus tógadh Deirdre Purcell i mBaile Átha Cliath. Ó 1990 tá naoi n-úrscéal cháiliúla foilsithe aici. Cuireadh *Love Like Hate Adore* ar an ngearrliosta don duais cháiliúil Orange, agus rinneadh scannán den leabhar móréilimh *Falling for a Dancer* don BBC agus do RTÉ. D'fhoilsigh New Island *Marble Gardens* agus *Last Summer in Arcadia* freisin.

NEW ISLAND *Open Door*

Tá Jesus agus Billy ag Imeacht go Barcelona
Foilsithe den chéad uair in 2007 agus athchlóite in 2018 le New Island
16 Páirc Oifigí na Prióireachta
Stigh Lorgan, Co. Átha Cliath,
A94 RH10

www.newisland.ie

Tá taifead chatalóg an CIP don leabhar seo ar fáil ó Leabharlann na
Breataine.

ISBN 978-1-905494-69-9

Is le maoiniú ón gComhairle um Oideachas Gaeltachta agus Gaelscolaíochta
a cuireadh leagan Ghaeilge de leabhair Open Door ar fáil.

An Chomhairle um Oideachas
Gaeltachta & Gaelscolaíochta

Arna chlóchur ag New Island
Arna chlóbhualahd ag SPRINT-print Ltd
Dearadh clúdaigh le Artmark

5 4 3 2

A Léitheoir dhil,

Ábhar mórtais dom mar Eagarthóir Sraithe agus mar dhuine d'údair Open Door, réamhrá a scríobh d'Eagráin Ghaeilge na sraithe.

Cúis áthais í d'údair nuair a aistrítear a saothair go teanga eile, ach is onóir ar leith é nuair a aistrítear saothair go Gaeilge. Tá súil againn go mbainfidh lucht léitheoireachta nua an-taitneamh as na leabhair seo, saothair na n-údar is mó rachmas in Éirinn.

Tá súil againn freisin go mbeidh tairbhe le baint as leabhair Open Door dóibh siúd atá i mbun teagaisc ár dteanga dhúchais.

Pé cúis atá agat leis na leabhair seo a léamh, bain taitneamh astu.

Le gach beannacht,

Patricia Scanlan.

Patricia Scanlan

CAIBIDIL A hAON

Na hAisteoirí

Is é Billy O' Connor ár laoch agus is as Fionnghlas é. Is buachaill scoile fionn é. Tá sé sé bliana déag d'aois. Agus tá gnáthchumas aige. Tá sé beagáinín beag dá aois. Agus tá cuma óg air. Cuireann seo isteach go mór air. Caitheann sé tamall fada ag caint lena chairde faoi na mná a bhí aige. Bíonn sé ag troid lena dheirfiúr Doreen. Cuireann sí isteach go mór air.

Is as Barcelona é Jesus Martinez agus tá sé seacht mbliana déag d'aois. Tá cuma air go bhfuil sé níos sine, agus gléasann sé agus iompraíonn sé é féin mar sin. Tá sé go hálainn. Tá a chraiceann síodúil. Tá a chuid gruaige donn catach agus tá súile dorcha liatha aige le fabhraí a chuirfeadh an-éad ar Liz Hurley. Tá airgead ag a thuismitheoirí, tá a lán airgid acu. Ní labhraíonn Jesus faoin airgead riamh toisc go bhfuil béasa deasa aige.

Tá Doreen O'Connor ocht mbliana déag d'aois. Agus an chuid is mó den am bíonn imní uirthi go bhfuil sí ramhar. Is í Betty Fagan a dlúthchara agus bíonn sise i gcónaí ag rá léi *nach bhfuil* sí ramhar. Ceapann Doreen nach bhfuil Betty i ndáiríre, agus ceapann sí go bhfuil Betty chomh tanaí le cipín. Tá gruaim ar Dhoreen faoi láthair toisc go gceapann sí go bhfuil a saol ag imeacht uaithi maidir le buachaillí. Ní raibh buachaill aici riamh. Tá buachaill ag Betty le bliain anois agus dá bharr seo ní raibh sí féin agus Doreen chomh cairdiúil agus a bhí siad. Tá Doreen bréan dá tuismitheoirí freisin toisc go bhfuil siad ag socrú go rachaidh Billy go Barcelona. Is deis é sin nach bhfuair *sise* riamh.

Tá Jimmy O'Connor naoi mbliana is tríocha d'aois. Is é athair Bhilly agus Dhoreen é. Oibríonn sé i Premier Dairies. Is duine gealgháireach é agus cuireann rudaí beaga áthas air. Taitníonn pionta leis anois is arís. Tá sé bródúil as a theaghlach, agus as a theach beag. Tá sé bródúil gur féidir leis seancharr an teaghlaigh a choinneáil ar siúl lena lámha féin. Is í a bhean, Janet, an t-aon fhadhb atá aige toisc go mbíonn sí i gcónaí ag iarraidh air post níos fearr a fháil. Tá Jimmy sásta leis an bpost atá aige. Níl aon bhrú ná strus ag baint leis.

Is í Janet O'Connor bean Jimmy agus tá grá aici dá leanaí. Tá grá aici do Jimmy freisin, ach tá sí ag an aois anois nuair is cosúil nach leor é sin ar chor ar

3

bith. Tugann sí faoi deara go mbíonn sí ag féachaint ar chláir saoire ar an teilifís. Is í an cheist is tábhachtaí atá ag Janet anois ná: cén fáth nach féidir le Jimmy O'Connor éirí as a thóin agus post níos fearr a fháil dó féin. Tá pleananna móra aici dá leanaí agus ghlac sí le sealanna breise chun iarnáil a dhéanamh thíos ag ValuKleen, an neachtlann áitiúil.

Is í Mamó Teresa máthair Jimmy. Tá sí seachtó bliain d'aois. Tá sí ina cónaí le muintir O'Connor in árasán beag atá ceangailte le taobh an tí. Is seanmháthair iontach í, tá sí croíúil, críonna, máithriúil.

Níl gaol ag Amanda O'Connor leis na daoine thuas. Is deacair a haois a thomhas, toisc go dtugann sí aire chomh maith sin di féin. Bíonn sí ag an *gym*, imríonn sí leadóg, téann sí chuig an máinlia plaisteach anois is arís –

bhuel, caithfidh tú, nach gcaithfidh? Tá Amanda ina cónaí lena fear céile darb ainm Hugo. Tá siad ina gcónaí ar taobh theas na cathrach i gcul-de-sac agus tá tithe áille san áit seo. Tá cruth difriúil ar gach teach. Tá pleananna iontacha ag Amanda don aon mhac aici, William. Ní mian léi go mbeidh sé ina sheanchuntasóir leadránach, cosúil le Hugo, a oibríonn gach uair den lá. Bhí William an-chumasach lena lámha riamh mar sin b'fhéidir go mbeadh sé ina mháinlia.

Tá daoine eile ann sa scéal seo; tá uncail ag Billy, mar shampla, agus Dick is ainm dó. Tá sé ina chónaí le muintir O'Connor i bhFionnghlas freisin agus bíonn sé ar meisce beagnach gach deireadh seachtaine.

Ach faoi dheireadh – gan an duine seo thíos ní bheadh aon scéal againn ar chor ar bith.

Tá Sharon Byrne dhá bhliain is fiche d'aois agus tá gruaig álainn aici. Tá ingne áille agus rúitíní áille aici freisin agus tá blas láidir DART ar a cuid cainte. Dúirt a Deaid riamh go raibh Sharon go maith le daoine agus mar sin rinne sí dioplóma PR ag coláiste príobháideach. Ar an drochuair, níor éirigh léi i PR, mar sin nuair a chonaic sí fógra do phost samhraidh san Irlanda Exchange, shocraigh sí triail a bhaint as.

Nuair atá Sharon ag obair don Agency le sé seachtaine tá deireadh seachtaine saoire bainc ann i mí Lúnasa. Cuireann an trioblóid atá roimpi sna laethanta sin í ag smaoineamh go mbeidh uirthi machnamh a dhéanamh arís ar an sórt oibre atá á déanamh aici.

CAIBIDIL A DÓ

Ullmhaíonn Billy do Bhualadh le Jesus

Bhí an giúiré fós ag scrúdú chás theaghlach Bhilly O'Connor agus ba é Billy an giúiré. Uaireanta cheap sé nach raibh siad ródhona. Cheap sé é sin ar an Domhnach áirithe nuair a bhí a Uncail Dick róthinn le teacht síos staighre. Cheap a mháthair gur bheannacht í seo i gcónaí agus bhí sí mar a bheadh fíormháthair ann ansin. Bhí sí cosúil leis na máithreacha a fheiceann tú ar an teilifís. Bhí sí suáilceach. Bhí sí cosúil leis na máithreacha a dhéanann gáire faoin mairteoil shaillte dhóite agus atá chomh réchúiseach faoi go ligeann sí do gach duine gáire a dhéanamh.

Uaireanta, ar an taobh eile den scéal, cheap Billy go bhfaigheadh sé bás le náire toisc go raibh air cónaí ar an bpláinéad céanna agus a bhí na daoine seo. Gan trácht ar a bheith ina chónaí sa teach céanna ar an tsráid chéanna.

Faoi láthair, bhí sé idir dá chomhairle.

Ar an taobh dearfach, bhí a thuismitheoirí an-deas. Rinne siad iarracht láidir agus chaith siad go leor airgid chun an mhalairt a eagrú leis an mbuachaill seo ó Bharcelona. Níor chlúdaigh scoláireacht Bhilly ach leath den chostas, mar sin rinne Deaid go leor ragoibre. Fuair sé airgead ar iasacht freisin ón gComhar Creidmheasa. Ghlac a mháthair obair bhreise thíos ag ValuKleen.

Ar an taobh diúltach, ní ligfidís do Bhilly dearmad a dhéanamh riamh ar a gcineáltas. Dá ndéanfadh Billy rud beag amaideach amháin. Dá ndéanfadh sé rud beag amháin (dá ndéanfadh sé dearmad ar na buidéil bhainne a chur amach oíche amháin) * thosaídís. *Smuilcín beag neamhbhuíoch a bhí ann nach raibh tuairim aige cén chaoi a raibh an saol. Ní raibh *air* na riteoga stróicthe céanna a chaitheamh ar feadh míosa. Ní raibh *air* bheith ag sodar i ndiaidh an bhithiúnaigh sin Moreno thíos ag an monarcha chun cúpla uair breise oibre a mhealladh as oíche Sathairn.

Nuair a d'inis siad dó ar dtús faoin turas, thart ar thrí mhí ó sin, bhí sceitimíní air. Ach ansin, an lá dár gcionn, nuair a smaoinigh sé air, tháinig beagáinín eagla air freisin.

Bhí sé ceart go leor bheith ag féachaint ar Bharcelona ar Sky agus

* thosóidís lena

9

bheith ag magadh faoi Rivaldo agus
Figo. Bhí sé ceart go leor freisin bheith
ag gáire faoin mbia suarach Spáinneach
a bheadh orthu ithe sa Spáinn. Ach
ansin chuimhnigh sé go mbeadh air an
bia suarach céanna a ithe go luath. Ní
raibh sé de mhisneach ag Billy iarraidh
ar aon duine eolas faoi Bharcelona a
thabhairt dó. Bhí sé de nós ag Billy
ligean air go raibh rudaí ar eolas aige.

Ba é an rud ba mhó a bhí ag cur as
dó ná go mb'fhéidir go ndéanfadh sé
amadán de féin os comhair na mban
Spáinneach.

Bhí Billy ag déanamh buairte faoi
mhná díreach anois, mar a tharla sé.
Agus é ina luí ar a leaba ar a mhála
codlata Liverpool F.C., bhí imní air ní
hamháin faoi mhná Spáinneacha ach
faoi gach bean. Dá mba rud é gur spórt
Oilimpeach a bhí i mbuairt a
dhéanamh faoi mhná, bheadh an bua
amach is amach ag Billy O'Connor.

D'fhéach sé ar a uaireadóir. Ní raibh ach trí huaire fágtha go dtí go rachaidís chuig an aerfort chun bualadh lena pháirtí malairte a raibh an t-ainm aisteach seo air.

Jesus.

Smaoinigh gur thug tú Jesus ar do mhac, cheap Billy dó féin. Ní bheadh rath ar ainm sin anseo go deimhin. Ní bheadh sé de dhánacht ag Jesus as Fionnghlas a aghaidh a thaispeáint taobh amuigh den doras.

I gcuid eile den teach, chuala sé Mamó Teresa ag gáire faoi rud éigin a dúirt duine éigin ar athchraoladh de *The Golden Girls*. Agus é ag éisteacht léi, rinne Billy gáire. Bhí Mamó Teresa ceart go leor, go cinnte. Ba ise an t-aon duine sa teach a thaitin scannáin Kung Fu léi. Agus cé nach raibh sé "cool" a admháil go raibh grá agat do do sheanmháthair, faoi rún, bhíodh gliondar ar Bhilly nuair a bhíodh sé thart uirthi.

11

Bhí éad air léi ar bhealach freisin toisc go raibh sí seachtó, agus mar sin, go raibh ar gach duine meas a bheith acu uirthi. Ba chuma léi faoi dhrochghiúmar Mham ná faoina *PMT*. Agus nuair a d'éirigh a Dheaid cantalach chuir sí ina thost é nuair a d'fhéach sí air agus nuair a d'fhiafraigh sí de cérbh é. Ansin dúirt sí leis gur ghnáth léi a "nappy" a athrú.

A Uncail Dick – duine difriúil amach is amach a bhí ansin. Ba é Dick an caora dubh ar an dá thaobh den teaghlach. Bhí sé scartha. Bhí air dul ar ais ina chónaí le Mamó Teresa díreach ceithre bliana tar éis dó pósadh. Ansin tháinig an bheirt acu chun cónaí le teaghlach Bhilly nuair a d'ól Uncail Dick an méid sin gur chaill siad an teach agus nach raibh aon áit eile acu.

Ba í an fhadhb a bhí le Dick a bheith sa teach ná nach raibh aon duine in ann codladh agus é ann toisc go

ndearna sé srannfach ar nós eilifinte.
Mar sin b'éigean dóibh seomra leapa a
thabhairt do Dhick leis féin. Agus ní
raibh ach trí sheomra leapa sa teach.
Bhí seomra leapa eile ag tuismitheoirí
Bhilly agus bhí an ceann deireanach ag
Doreen. Mar sin, bhí ar Bhilly codladh
ar leaba toilg sa ghrianán mar a thaitin
sé lena athair a thabhairt ar an áit sin.

Do na chéad trí seachtaine eile,
bheadh Jesus i seomra Dick agus bhí
Dick chun fanacht le Mamó Teresa in
árasán Mhamó. De réir rialacha na
háisíneachta bhí ar Jesus a sheomra
féin a bheith aige.

Ba theach gloine é an Grianán.
Cheannaigh Deaid Bhilly é saor ó
dhuine sa Ros a bhí ag éirí as
garraíodóireacht mhargaidh. Thóg a
Dheaid leoraí bainne 'ar iasacht' ó
Premier Dairies, agus maidin Sathairn
amháin, chuaigh seisean, cara leis, agus

Billy chun é a fháil. Bhí orthu deifir a dhéanamh agus an leoraí a chur ar ais sa mhonarcha sular thug an bithiúnach sin Moreno faoi deara nach raibh sé ann.

Ba chuma le Billy, mar ní raibh an seomra ródhona mar sheomra leapa. Nuair a chuaigh sé i dtaithí ar an solas, ar éin ar maidin, agus rudaí mar sin, thaitin sé go mór le Billy.

D'fhéach sé ar a uaireadóir arís. Dhá uair an chloig agus caoga nóiméad fágtha. Shocraigh sé é féin síos agus thóg sé amach seanchóip den iris *Playboy*. Fuair a chara Anthony é ó bhuachaill a raibh sé ag obair leis ar an láithreán tógála. Anois ó bhí Billy sé bliana déag d'aois, níor bhac a Mham ná a Dheaid le rudaí cosúil le *Playboy* a thógáil uaidh a thuilleadh. Bhí súil aige go raibh an spéis chéanna i mná ag Jesus agus a bhí aigeasan.

CAIBIDIL A TRÍ

Poll i mBonn Sharon

'A dhiabhail!', dúirt Sharon Byrne nuair a chroith roth stiúrtha an *Polo* agus nuair a d'éirigh an roth trom idir a lámha. (Bhí *Golf* ag teastáil uaithi ach ní thabharfadh Deaid di é. An seansprionlóir.)

Bhí poll i mbonn aici.

Inniu thar aon lá eile!

Bhí Sharon ag tiomáint síos Ascaill Bhaile na Manach i sruth tiubh tráchta. Bhrúigh sí an roth stiúrtha chun an carr a threorú go néata go dtí an cosán. Thug sí súil nimhneach ar aghaidh fhíochmhar thiománaí an Beemer a chuaigh thairsti. Bhí seisean ag déanamh comharthaí drochbhéasacha lena mhéara. Ceart go leor, níor thug sí comhartha. Níor rud mór é. Sháigh sí a teanga amach air agus chuir sí a soilse ar siúl.

Carr i ndiaidh cairr, shéid siad a mbonnán mar a thiomáin siad thairsti. Glac go bog é, a Sharon, a dúirt sí léi féin. Cuir glaoch ar an AA ar dtús. Ansin cuir glaoch ar Jackie agus abair léi go mbeidh tú ansin chomh luath agus is féidir.

Buíochas le Dia go bhfuil fón póca agam, cheap sí.

Agus í ag déanamh cinnte nach mbrisfeadh sí a hingne, chuir sí isteach go cúramach an uimhir AA a bhain le briseadh síos. Bhí an uimhir sin i gcónaí aici sa charr. Choinnigh siad í ag fanacht, ar ndóigh. Bhí uirthi éisteacht le hEnya dhamanta. Cén fáth a raibh an tóir sin ar Enya? Bhí sí i ngach áit. Thaitin ceol níos troime le Sharon í féin, ar nós Blur.

Chonacthas di go raibh sí ag fanacht le seachtain nuair a tháinig an bhean ó AA ar an líne. Rinne sí nóta de na sonraí. Ansin – tubaiste! Bheadh ar Sharon fanacht le huair an chloig nó níos mó.

'Uair a' chloig?' Ní raibh Sharon in ann é a chreidiúint. Éigeandáil a bhí anseo. Rinne sí iarracht míniú don bhean cé chomh práinneach agus a bhí sé seo. Ach mhínigh an bhean di toisc gurb í Aoine na Saoire Poiblí a bhí ann, go mbeadh na bóithre fiáin. Dhéanfadh sí a dícheall, a dúirt an bhean, ach ní fhéadfadh sí gealltanas a thabhairt di go dtiocfadh cabhair roimh uair an chloig. Gliog. Bhí an bhean imithe.

Smaoinigh Sharon ar feadh nóiméid. Ansin bhrúigh sí arís ar a fón póca.

A dhiabhail! Bhí fón póca Dheaid as.

Ní raibh sé féaráilte. Bhí fonn uirthi imeacht ón Polo agus siúl. Bhí fonn goil uirthi. Ba bheag nár ghoil sí, ach ansin tháinig sí ar a ciall arís. Stad, a Sharon, a dúirt sí léi féin go crua. Ná bí i do bhábóg. Tá post duine fásta agat. Bí i do dhuine fásta.

Rinne sí machnamh. Ní bhfaigheadh sé seo an ceann is fearr ar Sharon. Bhrúigh sí uimhir Jackie.

'Ó a Dhia -!' Ba dheacair guth Jackie a chloisteáil thar an torann ar fad ina timpeall. Bhí sí sa halla mór ag an aerfort. 'A Sharon, ní féidir leat é seo a dhéanamh dom. Ní féidir leat. Caithfidh tú teacht láithreach. Faigh tacsaí, ceart go leor?'

'Íocfaidh an comhlacht. Tar anois. Ba cheart duit bheith anseo cheana féin –' Bhris an ceangal agus chuir Sharon as an fón póca ina lámh.

Bhí sé go huafásach. Bhí an óinseach ag iarraidh uirthi an *Polo* a fhágáil anseo. Bhí sí ag iarraidh uirthi é a fhágáil anseo do ghadaithe agus do dhaoine suaracha eile.

Tharraing sí trí anáil dhoimhne chun í féin a chiúnú. Sa Ki-Massage a thug Brigitte di agus dá máthair, mhúin Brigitte dóibh conas an corp a mhoilliú. D'oibrigh sé i gcónaí. Tar éis an tríú hanáil, ní raibh Sharon corraithe a thuilleadh.

Chuir sí isteach uimhir Dheaid. Bhí a fhón póca as fós.

Ceart go leor. Bhí sí ina haonar anseo. D'fhágfadh sí an *Polo* agus gheobhadh sí tacsaí. Ach ar dtús chuirfeadh sí glaoch ar AA agus déarfadh sí leo go mbeadh orthu é a tharraingt ar théad chuig an ngaráiste di. Dhéanfaidís é sin. Bheadh orthu é a dhéanamh. D'íoc teaghlach Sharon an t-uafás airgid gach bliain don chlúdach is fearr.

Fiche nóiméad ina dhiaidh sin bhí Sharon ag dul i dtacsaí thar Ionad Siopadóireachta Frascati. Bhí sí sásta go leor leis an gcaoi ar láimhseáil sí rudaí. Thug sí faoi deara go raibh greim aici ar a clár do leathanaigh amhail is gur crios tarrthála a bhí ann. Teannas. Ní bheadh Brigitte sásta leis sin go deimhin! Mar sin tharraing Sharon 3 anáil dhoimhne eile agus luigh sí siar ina suíochán don turas chuig an aerfort. Ní smaoineodh sí ar aon rud diúltach. Bheadh an *Polo* i gceart. Bhí an solas curtha aici ina thimpeall chun é a chosaint díreach mar a mhúin Brigitte di.

Níor chuimhnigh sí gur fhág sí comhad ar shuíochán cúil an *Polo*.

CAIBIDIL A CEATHAIR

Tagann Jesus go hÉirinn

Shín Jesus chun tosaigh ina shuíochán agus stán sé tríd an bhfuinneog nuair a bhris an t-eitleán trí na scamall faoi dheireadh. Thart ar aerfort Bhaile Átha Cliath bhí na páirceanna mar a bheadh éadach glas bán geal boird ann. Thart ar Jesus bhí a lán cainte ann. Ní raibh fonn ar Jesus páirt a bheith aige ann. Ní raibh aon chairde aige ar an turas seo agus bhí sé sásta faoi sin. Bhí sé sásta trí seachtaine a chaitheamh in Éirinn le teaghlach nach raibh aithne aige orthu.

Léigh sé go leor faoi Éirinn agus é
ag ullmhú le haghaidh na cuairte.
Léigh sé faoi Riverdance agus Gerry
Adams agus Bono agus ríomhairí.
Agus léigh sé den chuid is mó, faoin
gcraic agus faoin Guinness agus faoi
na séipéil bheaga bhídeacha agus faoin
bhféar fíorghlas.

Agus anois ba é seo é, an tús. Níor
léirigh Jesus aon sceitimíní riamh toisc
go mbeadh sé comónta é sin a
dhéanamh, ach anois mhothaigh sé
crith beag ina lár. Shuigh sé siar. Bhí an
freastalaí eitilte ag dul thart chun
criosanna tarrthála a sheiceáil agus
rinne sí gáire mhór air. Rinne Jesus
gáire uirthi mar fhreagra. Ba mhaith an
rud é bheith ag teacht go hÉirinn, ba
dheas an rud é éalú ó theas samhraidh
Bharcelona. An ghrian shíoraí,
thuirsiúil, leadránach. Bhí a lán báistí in
Éirinn. Thaitin an bháisteach le Jesus,

thaitin sí leis an chaoi ar thit sí ón spéir chun na sráideanna a fhuarú agus na bláthanna a dhéanamh úr.

Níor mhian lena Mhama go dtiocfadh sé. Le déanaí, bhí Jesus ag tabhairt faoi deara nach raibh sé féin agus a Mhama ag réiteach lena chéile mar a réitídís. Chuidigh a dheartháir leis chun an smaoineamh a chur ina luí ar a Mhama. Bhí Jose Manuel pósta agus bhí sé 6 bliana níos sine ná Jesus. Dúirt Jose Manuel nach ndéanfadh saoire bheag amháin óna chéile aon dochar do cheachtar acu.

Ba chuma lena Phapa bealach amháin nó bealach eile. Idir an póló, an banc agus an club, ba chuma lena Phapa faoi aon rud a bhain leis an gclann. Chomh fada agus a bhí éadaí orthu agus a bhí bia acu agus nár tharraing siad náire air nó nár bhuail siad aon cheann de na cairr. Ní raibh a fhios ag a Phapa go raibh a fhios ag Jesus faoin mbean eile a bhí aige i dteach aerach in aice le mullach Tibidabo – na sléibhte fuara coillteacha a bhí os cionn na cathrach.

Ba chuma le Jesus a thuilleadh cad a rinne a Phapa.

B'fhearr leis gan cuimhneamh ar an mbéicíl agus an screadach a chuala sé óna árasán ar an gcéad urlár an tráthnóna a tháinig an bhean eile chuig an teach chun troid le Mama. D'iarr an bhean eile cuid de saibhreas Phapa. Shíl sí go raibh cuid den saibhreas sin ag dul di.

Chrith Jesus beagán nuair ba chuimhin leis é sin. Chun dearmad a dhéanamh de, d'fhéach sé go géar ar an talamh uisciúil a bhí ag teacht aníos go tapa. Roimh i bhfad bhuailfeadh rothaí an eitleáin an talamh. Bhí Jesus in ann locháiníní a fheiceáil anois, ba beaga, bóthar tanaí, claí agus ansin an rúidbhealach. Dhún sé a shúile, d'fhan sé leis an tuairt agus an scréach ...

Bhuail na mic léinn eile a mbosa agus lig siad gáirí molta astu.

Bhí Jesus in Éirinn.

CAIBIDIL A CÚIG

*Cailleann Amanda agus William
a mbealach agus iad ag dul
chuig an Aerfort*

'Ní chreidim é seo.' Stán Amanda ar na siopaí. Bhí barraí láidre cruacha ag go leor acu trasna a bhfuinneog.

'Cén chaoi ar tharla sé seo?' rinne sí éagaoin. 'Bhí mé ag an aerfort chun d'athair a bhailiú míle uair. Ní *fhéadfainn* dul amú!'

Shín sí trasna, thóg sí léarscáil den chathair agus d'oscail sí í.

Bhí William ramhar agus bhí sé te ina shuí sa chathaoir leathair in aice léi.

Shuigh sé níos doimhne sa chathair agus dhún sé a shúile. Bhí ceol a Walkman an-ard ina chluasa cheana ach d'ardaigh sé níos mó é. Níor mhian leis a bheith ina mhac léinn malairte. Níor mhian leis dul go Barcelona. Ba mhian leis bheith ina aonar go síochánta ina sheomra deas ciúin féin lena Playstation agus chatalóga.

Bhailigh William catalóga. Ba chuma cad a dhíol siad. Bréagáin. Coinnle Ceilteacha Time-Past. Aon rud a bhain le hiascaireacht. Bhí siad ar fad go hiontach. Choinnigh sé a chatalóga i mboscaí móra.

Bhí an-suim aige i gcatalóga agus thosaigh an caitheamh aimsire nuair a thug cara dó ar scoil isteach catalóg gunna a fuair sé i gcófra bagáiste charr a athar.

Ní raibh William in ann míniú cén fáth ar thaitin an caitheamh aimsire seo chomh mór leis. Mheall sé é, cosúil le

maighdean mhara ag canadh ar
charraig. Nuair a bhí William gnóthach
ag cur na mboscaí in ord agus in eagar,
bhí sé ar a shuaimhneas agus chonachtas
dó go raibh an domhan go breá.

In aice le William anois, lig Amanda
osna domhain aisti. Bhruigh sí an
cnaipe fuinneoige in aice lena
suíochán.

Shleamhnaigh an ghloine isteach i
bhfráma an dorais.

Ghlaoigh Amanda ar dhream fear
óg. Bhí siad ina seasamh in aice leis na
ballaí ar an dá taobh den iontráil do
shiopa geallghlacadóra. 'Gabhaigí mo
leithscéal -?'

D'fhéach na fir óga ar a chéile agus
ansin ar Amanda arís. Níor bhog aon
duine.

Ní raibh aon am ag Amanda do
sheafóid. 'Gabhaigí mo leithscéal,' a
bhéic sí arís. 'An féidir libh insint dom
an bealach chuig an aerfort?'

Tháinig duine de na fir óga go mall trasna chuig an gcarr. 'Cén t-aerfort?' a dúirt sé. Rinne na fir eile gáire.

Bhrúigh Amanda an cnaipe fuinneoige arís, rinne sí praiseach d'athrú na ngiaranna, agus thiomáin sí ar aghaidh. Bhí fearg an-mhór uirthi anois. Tharraing sí na cluasáin ó cheann William.

'William,' a dúirt sí go colgach. 'Dírigh d'intinn. Cuir síos d'fhuinneog agus feach suas ar an spéir. Féach an bhfuil tú in ann aon eitleáin a fheiceáil...'

Bhí Doreen ag tabhairt amach faoi go leor rudaí. Bhí sise agus a cara, Betty, ag fanacht ag coirnéal Del Delios, an siopa sceallóg áitiúil. D'ordaigh an bheirt acu singilí. Bhí a fhios go maith ag Doreen nár cheart di sceallóga a ithe. Bhí sí ar aiste bia speisialta banana agus caora fíniúna a léigh sí faoi san *Evening*

Herald. Ach mheall boladh na sceallóg í nuair a bhí sí féin agus Betty ag siúl thar an siopa.

Ar ndóigh d'fhéadfadh Betty sceallóga a ithe go dtí go dtiocfaidís amach as a cluasa. D'fhéadfadh sí geir a ithe ó dhroim muice agus gan unsa a chur uirthi. Chuaigh Betty ar cuairt ar a haintín i nGlaschú uair amháin agus nuair a d'fhill sí d'inis sí go leor scéalta di faoi bharraí Mars domhainfhriochta a d'ith sí. Uaireanta d'fhéadfadh Doreen Betty a chiceáil ó seo go Glas Naíon.

'Má cheapann an Jesus seo go mbeidh mé go deas dó,' a dúirt sí, 'beidh dul amú air.'

'Agus cén fáth a ligeann siad don smuilcín sin dul chuig an Spáinn? Cén fáth nach raibh mise in eitleán riamh i mo shaol cé gur mise an duine is sine?'

'Ní chuirfinn an milleán ort, a Dhor.' Bhí Betty lán le trua. 'Diabhal

mic léinn Spáinneacha. Tógann siad
seilbh ar an áit, tógann siad. Níl a fhios
agam cén fáth a dtagann siad ar chor ar
bith, chun an fhírinne a rá. Tá siad
cosúil le snaganna breac iad, tá siad.
Ní féidir liom dul *in aice* doras
McDonald's...'

Stop Sharon nuair a chonaic sí an tslua
taobh istigh den fhoirgneamh teachta.
Bhí an áit lán go doras. Chonacthas di
gur thug gach duine i mBaile Átha
Cliath a pháistí anseo ar thuras.

Chaoin leanaí. Scread leanaí óga
agus iad ag luascadh agus ag sleamhnú
ar an urlár leac. Mná rialta. Sagairt.
Seanmháithreacha. Déagóirí a bhí
bréan den domhan. Aithreacha ag
croitheadh eochracha cairr.

Bhí siad go léir os comhair na
ndoirse gloine a rinne deighilt idir an
ceantar teachta agus an halla custam.

Chonaic sí ar an mbord teachta
nach raibh ach eitilt amháin ar an
scáileán nach raibh réalta ag fleascadh *SPLANC/SPLANCÁIL*
in aice leis. Bhí seacht n-eitilt chairte
ón Spáinn tar éis tuirlingt. Chomh
maith le dhá eitilt ón Iodáil. Gan trácht
ar eitiltí Ryanair. Agus eitiltí Aer
Lingus. Agus roinnt eitiltí a tháinig ó
áiteanna nach bhfaca Sharon ach ar
lipéid ar mhálaí láimhe.

Ba bheag nár ghoil Sharon. Ba
mhian léi dul abhaile chuig a teach
deas ciúin i nDún Laoghaire. Níorbh é
seo an chéad uair inniu a cheap sí go
mb'fhéidir nach mbeadh sí oiriúnach
don phost seo ar chor ar bith.

Chlaon sí a ceann ar mhangaire
drugaí a raibh eireaball pónaí air. Bhí
aithne bheag aici air.

Agus í ag cuartú cheann fionn geal
Jackie, bhrúigh sí a bealach ar imeall na
slua. Bhí sí anseo anois agus bhí uirthi

dul ar aghaidh leis. Bhí Irlanda Exchange ag brath uirthi. Choinnigh sí greim daingean ar a clár do leathanaigh agus rinne sí iarracht cuma mhuiníneach a chur uirthi nó bhí súil aici gurbh í sin an chuma a bhí uirthi.

Faoi dheireadh! Lig sí osna faoisimh aisti nuair a chonaic sí Jackie, agus í ina seasamh ag cuntar beag, ag ól as cupán páipéir.

'Buíochas le Dia!' Chaith Jackie siar an caife nuair a shroich Sharon í. 'Caife?'

Gan fanacht le freagra, d'fhág Jackie Sharon agus chuaigh sí suas chuig an gcuntar. Ghlac an cailín a hordú láithreach. Ghlac sí é thar chinn na ndaoine a bhí ina seasamh ann cheana. Bhí sé cosúil le míorúilt.

Bhí Sharon róchorraithe le rá le Jackie gur mhaith léi roinnt bainne agus siúcra. Bhain sí súimín as an

gcaife dearg te. 'Cá bhfuil Norma?' a
d'fhiafraigh sí.

'Thall ansin.' Chroith Jackie lámh.
'Tá a cuid Iodálach istigh cheana, tá sí
á socrú.'

Chas Sharon timpeall agus fuair sí
spléachadh beag ar ghruaig
mhionchatach dhubh agus seaicéad
corcra Norma i lár grúpa ollmhóir de
dhaoine óga a raibh craiceann dorcha
orthu. Ní raibh am aici lámh a
chroitheadh toisc gur rug Jackie ar an
gclár do leathanaigh.

D'fhéach Jackie go tapa trí na
páipéir. 'Anois,' a dúirt sí, 'roinnfimid
ár mbearta isteach in dhá bheart néata,
an roinnfimid?'

'Ó – !' D'fhéach sí ar Sharon. 'Cá
bhfuil do chomhad teaghlaigh?'

Tháinig dath bán ar aghaidh
Sharon.

CAIBIDIL A SÉ

Déanann Sharon an Gnó

Nuair a tháinig an chéad dream cainteach de mhic léinn Spáinneacha isteach tríd na doirse gloine, ní raibh Jackie ná Sharon réidh dóibh fós. Bhí siad ag obair go han-dian. Toisc nach raibh comhad Sharon acu, bhí siad ag iarraidh rudaí a chur i gceart trí úsáid a bhaint as máistirliosta Jackie. Anois bhí sé rómhall.

Tháinig tonn tar éis toinne de na mic léinn tríd anois. Phlódaigh siad isteach sa spás idir na doirse agus na bacainní. Phacáil siad go teann é.

'Anois,' a dúirt Jackie go gruama, 'beidh orainn ár ndícheall a dhéanamh.'

Bhí fonn ar Sharon rith. Ní fhéadfadh sí é seo a láimhseáil.

Ach níor thug Jackie aon deis di imeacht.

'Téigh chuig an taobh eile, déan mar a dhéanaimse.'

Láithreach bonn, chuir Jackie suas a comhartha priontáilte agus thosaigh sí ag béicíl. 'Irlanda Exchange! Irlanda Exchange!'

D'fhéach Sharon le huafás i dtreo an slua de mhic léinn a bhí ag iarraidh teacht amach trí dhá dhorchla idir na bacainní. Shlog sí go dian. Chuir sí suas a comhartha féin agus rinne sí iarracht aithris a dhéanamh ar Jackie. 'Irlanda Exchange?' Ach níor tháinig na focail amach i gceart, ní ráiteas dearfach a bhí ann ach ceist chúthaileach.

Ghlan sí a scornach. 'Irlanda Exchange!' Tháinig faoiseamh uirthi nuair a thug roinnt mac léinn faoi deara í agus nuair a thosaigh siad ag teacht ina treo.

D'imigh an chéad chúig nóiméad déag eile thart go han-tapa. Bhí Sharon ag scríobh, bhí na mic léinn ag béicíl, agus ag plódú isteach timpeall uirthi. Chuir Sharon ainmneacha mac léinn le hainmneacha teaghlach agus shocraigh sí iad leo. Ní raibh sí ach leathbhealach trína liosta, áfach, nuair a thug sí duine óg an-dathúil faoi deara.

Bhí an duine óg seo ag seasamh siar. Bhí cuma air go raibh sé ag fanacht go gcuirfeadh duine éigin an ruaig ar na daoine suaracha roimhe. Bhí a chuid gruaige donn catach agus bhí cuma na sláinte uirthi. Ní raibh a chraiceann chomh dorcha agus a bhí craiceann na mac léinn eile. I lár na slua allasaí, bhí cuma air go raibh sé chomh húr le duine a bhí díreach tar éis teacht i dtír ó bhád.

Bhog Sharon ina threo. '*Buenos Dias*,' a dúirt sí i Spáinnis, 'ainm le do thoil?'

'Jesus Martinez,' a dúirt an fear óg.

Chuardaigh Sharon a liosta. 'Ó cén áit? *Donde*?'

'Catalonia.'

'Catalonia?' baineadh stad as Sharon. 'Is oth liom go bhfuil tú leis an ngrúpa mícheart,' a dúirt sí go mall, agus í ag cinntiú go raibh gach focal soiléir. 'Caithfidh tú dul thall ansin go Norma. Is í sin an cailín a bhfuil an seaicéad corcra uirthi. An bhfeiceann tú thall ansin í?' Shín sí a méar. 'Tá Norma i gceannas ar an Iodáil.'

Chas sí ar an gcéad mhac léinn eile.

Ach ní raibh an buachaill ag imeacht. 'Gabh mo leithscéal?'

'Sea?' bhí Sharon beagáinín borb. Bhí an buachaill *cool* ach ní raibh sé chomh *cool* sin.

D'fhan an buachaill mar a bhí sé. 'Gabh mo leithscéal,' a dúirt sé arís go calma. 'Ceapaim go bhfuil botún ann. Níl Catalonia san Iodáil. Is é mo thír é. Is as Barcelona dom.'

Cheil Sharon a míthuiscint. Rinne sí gáire. 'Ó -! Ó, *tuigim* – Barcel-*ona*! Cad air a bhfuilim ag *smaoineamh*? Tá brón orm. Cad é an t-ainm arís?'

'Jesus Martinez.'

Agus í ag rith tríd an litir 'M' ar a liosta, thug Sharon faoi deara súile móra an bhuachalla, a bhéal leathan, cé chomh mín agus a bhí a chraiceann. Nuair a smaoinigh sí air, bhí cuma River Phoenix air. Ach amháin an dath agus an ghruaig chatach.

Faoi dheireadh, fuair sí a ainm ar an liosta.

'Á sea,' a dúirt sí. 'Tú tusa ag stopadh le muintir O'Connor. Tar an bealach seo.'

Bhí Billy bréan den saol. Bhris an téip ina Walkman agus bhí cuid di imithe timpeall na n-oibreacha istigh. Ní raibh sé in ann í a tharraingt amach i gceart mar gheall ar an mbrú ar fad a bhí ar siúl ina thimpeall.

Agus b'uafásach dó bheith chomh fada sin i gcomhluadar a theaghlaigh gan aon seans éalú.

Bhí sé cinnte gur *dweeb* a bheadh sa Jesus seo. Agus ar aon nós, cén chaoi a bhféadfadh sé siúl timpeall le duine darbh ainm Jesus? Céasadh amach is amach a bheadh ann. Bheadh sé ina cheap magaidh i measc a chairde. Bhí aiféala air gur chuala sé trácht riamh ar Bharcelona. B'fhuath leis an Spáinn. B'fhuath leis an t-aerfort seo. B'fhuath leis an chaoi a raibh Mamó Teresa ag rá arís is arís eile: 'An é sin é, anois? Tá an chuma air gur Jesus é.'

B'fhuath leis dreach geal a Mham

agus b'fhuath leis go raibh a Dheaid ag ligint air go raibh an-dúil aige sa mhalairt seo.

Ba mhian le Billy bheith ina dhilleachta.

'A Uasail agus A Bhean Uasal O'Connor! A Uasail agus A Bhean Uasal O'Connor-?

Bhí an cailín amaideach sin ag glaoch orthu anois. Bhí guth amaideach aici. Bhí sí ag croitheadh láimhe orthu ag iarraidh orthu teacht chuici. Ba é seo an deireadh.

Ba é seo deireadh shaol Bhilly.

CAIBIDIL A SEACHT

Castar Jesus ar Bhilly

D'fhéach Janet O'Connor ar an bhfear óg a bhí ina sheasamh in aice le Sharon Byrne. 'Ní féidir gurb é sin é,' a dúirt sí i gcogar lena fear céile.

'Ghlaoigh sí orainn, nár ghlaoigh - ?' Ba mhian le Jimmy go mbeadh seo thart.

'Ach tá sé i bhfad níos dathúla ná mar atá an duine sa phictiúr a thug siad dúinn. Tá an chuma air go bhfuil sé i bhfad níos sine –' Bhí amhras ar Janet fós.

Ní raibh aon amhras ar Jimmy. 'Tá a fhios agat cén chaoi a mbíonn grianghraif pas. Ar aghaidh linn! Táim bréan den áit seo. Billy, Mamó Teresa!' Bhailigh Jimmy iad ar fad. 'Tá sé anseo.'

'Féach ar an seaicéad leathair sin –' bhí Mamó Teresa ag labhairt i gcogar amhail is go raibh sí sa séipéal. 'Ach dá mbeinn caoga bliain níos óige!'

Shroich siad an áit.

Rinne Sharon aoibh mhór ar mhuintir O'Connor. 'An bhfuil William libh?' Ansin chas sí go tobann ar bhuachaill tanaí thart ar cheithre nó cúig bliana déag d'aois a bhí ag tarraingt ar a muinchille. 'Gabh mo leithscéal?' a dúirt sí. 'Seo é Irlanda Exchange, ach beidh ort fanacht go dtí go dtagaim chugat. Táim an-ghnóthach. Beidh mé leat i gceann nóiméid. Seas thall ansin le do thoil.'

Ach ní imeodh an buachaill seo a raibh drochchraiceann agus gruaig dhaite oráiste gheal air. D'fhan sé ina sheasamh ansin agus bhí Jimmy ag labhairt sa ghuth galánta sin a d'úsáideadh sé uaireanta agus b'fhuath le Billy é. 'Seaw,' a dúirt Jimmy. 'Ó seaw.'

Tharraing sé lámh Bhilly agus thaispeáin sé do Sharon é amhail is gur duais i raifil a bhí i mBilly. 'Anseo atá sé!'

D'fhéach Billy ar an urlár.

Ach ní raibh Sharon ag labhairt go díreach leis. 'A William, seo é do pháirtí malairte. A Jesus, seo é William.'

Thug gach duine acu ach amháin Billy faoi deara gur dhúirt sí Jesus mar Céa-sus.

Thug Billy faoi deara go raibh a pháirtí malairte deich n-orlach níos airde ná é. Chrom sé a ghuaillí níos mó taobh istigh dá sheaicéad.

'Dia duit.... Céasus...' a dúirt Janet, agus í ag labhairt go han-mhall. 'Tá... an-fháilte romhat ... go... hÉirinn.'

Agus ansin, dúirt sí i nguth íseal le Sharon, 'Tugaimid Billy ar ár mac.'

'Go raibh míle maith agat, a Bhean O'Connor,' a dúirt Jesus. Ansin chas sé i dtreo Billy.

'Dia duit, a Bhilly.' Shín sé amach a lámh.

Chroith Billy í agus ansin tharraing sé siar a lámh agus sháigh sé isteach ina phóca í.

Stán Janet air. 'Tá tú líofa inár dteanga.'

Chroith an buachaill a ghuaillí ach ní raibh seans aige freagairt toisc gur bhog Sharon ar aghaidh chuig an chéad ghnó eile.

'Tá brón orm, A Uasail agus A Bhean Uasal O' Connor,' a dúirt sí. 'Ba bhreá liom bheith ag caint, ach táim cinnte gur mian libh go léir dul abhaile agus aithne a chur ar a chéile. Tá na huimhreacha gutháin agaibh? Beimid ag labhairt libh.'

Ansin, dúirt sí le Jesus. 'Bíodh am deas agat, a Jesus, tá brón orm faoin ngnó sin maidir le Catalonia, tá a lán rudaí ag dul ar aghaidh, mar a fheiceann tú..'

Chas sí uaidh, agus í ag ardú a gutha.

'Carlos Sanchez, le do thoil. Cá bhfuil muintir Lynch?'

Tharraing buachaill an drochchraicinn agus na gruaige daite ar a muinchille arís. Thug Sharon aghaidh mhíshásta air. '*Le do thoil!* D'iarr mé ort cheana. Seas thall *ansin!*'

Bhí sí imithe.

Bhreathnaigh Jimmy ar bhagáiste Jesus a bhí ina chnap suas timpeall a chos. 'Bhuel, a Céasus,' a dúirt sé, 'féach ar an stuif seo! Ar cheap tú go mbeifeá ag bogadh anseo nó cad? Agus feicim go bhfuil do ghiotár agat. Ach cá bhfuil na castainéid?'

Chuir Janet isteach air. '*Jimmy!*'

Chas sí ar Jesus. 'Tá brón orm, a Céasus,' a dúirt sí. 'Is saghas fir grinn é mo fhear céile.'

Rinne Jesus gáire ar an mbeirt dhuine fásta.

'Ar ndóigh. Ní thógaim ach mo ghiotár –'

'Níl ann ach mo mhagadh beag féin é,' rinne Jimmy gáire. 'Ná tabhair aird orm, a Céasus.'

Tháinig cuma cheisteach ar aghaidh Jesus. 'Tabhair ard?'

'Míneoimid é sin ar fad níos déanaí, a Céasus,' a dúirt Janet. 'Ach labhraíonn tú ár dteanga go hiontach,' a dúirt sí go tapa. 'Nach bhfuil sé, a Bhilly? *Go hiontach!* Dúradh linn nach raibh mórán den teanga agat. Níl a fhios agam cén fáth a raibh ort teacht anseo ar chor ar bith.' Rinne sí gáire.

Bhí déistin ar Bhilly. B'ionann a gáire agus an fhuaim a rinne cloigíní ar charr sleamhnáin Dhaidí na Nollag.

Thit croí Bhilly faoi ualach na náire de réir mar a lean a theaghlach ag dul thar fóir. Ba í sin a Mham ansin a bhí ag cur Mamó Teresa in aithne agus í ag gáire fós sa bhealach ar chuir déistin air. Agus ansin bhí cuma ar an scéal nach raibh Mamó Teresa féin in ann labhairt. Bhí siad go léir faoi dhraíocht ag an mbuachaill seo. Shílfí gur réalta scannáin a bhí ann. Ach bhí ar Bhilly admháil leis féin go raibh seans ann nach raibh sé sin i bhfad ón bhfírinne.

Ansin thug Jesus pacáiste beag do Mham Bhilly. Bhí an pacáiste fillte go hálainn i bpáipéar órga agus ceangailte le ribín airgid. 'Seo duit, a Bhean O'Connor, ó mo mháthair i mBarcelona.'

Ar ndóigh, ba bheag nach ndeachaigh Mam Bhilly as a meabhair.

Bhí a cuid lámh ag breith ar a scornach agus d'imigh a guth chomh hard sin gur cheap Billy go raibh sé chomh maith di bheith ag iarraidh áit a fháil ar albam Joe Dolan. 'Domsa?' a scréach sí.

Go hámharach, bhí a dhóthain ag Deaid Bhilly. 'Rachaimid amach ón áit seo, a Jan. Cuireann an áit seo as dom.'

Ach ní stopfadh Mam Bhilly. Bhí sí ar an ardán le haghaidh *Oscar* anois. 'Ó *a Dhia..* Tá *an iomarca* anseo.'

Ba mhian le Billy í a thachtadh.

'Le do thoil,' a dúirt Jesus léi, 'níl ann ach bronntanas beag.'

Ansin chas sé ar Bhilly. 'Ár mbronntanas duitse, Billy, tá sé i mo bhagáiste –'

D'éirigh le Billy a bhuíochas a ghabháil gan amadán a dhéanamh de féin. 'Ar aghaidh linn!' a dúirt sé. Rug sé greim ar ghiotár Jesus agus chuaigh sé i dtreo an dorais. Bhí sé cinnte, ag an bpointe seo, gur cheap an buachaill seo go raibh siad go léir craiceáilte.

Bhí Billy ag iarraidh taispeáint dó go raibh duine amháin ar a laghad sa ghrúpa a bhí beagnach normálta.

CAIBIDIL A hOCHT

*Castar a Jesus féin ar Amanda
agus William*

Bhí ar Amanda dul timpeall an charrchlóis dhamanta i gciorcal arís is arís eile. Ansin ba bheag nach raibh buillí idir í féin agus tiománaí eile a fuair spás a chonaic sise ar dtús.

Sa deireadh bhí uirthi féin agus William páirceáil na mílte ó na críochfoirt. Ansin bhí orthu rith an bealach ar fad chuig an bhfoirgneamh teachta.

Cheap sí le fearg nach dtarlódh é seo má bhí Hugo sásta teacht leo, mar bhí páirceáil in áirithe ag Hugo.

Agus í ag cneadach go géar, bhrúigh sí a bealach tríd an slua, i dtreo an bhord teachta.

Bhí fearg ar Amanda léi féin as bheith mar seo os comhair an phobail. Bhí sí cinnte go raibh cuma uafásach uirthi. Bhí a haghaidh dearg agus bhí sí ag puthaíl.

A Thiarna! Bhí sí buartha anois. Thuirling an eitilt níos mó ná daichead nóiméad ó shin.

Sheas Amanda ar a barraicíní agus d'fhéach sí timpeall. Buíochas le Dia! Sin an áit a raibh sé. Fógra Irlanda Exhange.

Choimeád sí greim dhaingean ar lámh William agus rinne sí a bealach i dtreo an fhógra. Bhí buachaill aisteach ag iompar an fhógra agus a bhí dath oráiste geal ar a chuid ghruaige. Bhí cailín ina seasamh in aice leis agus bhí clár fáiscthe do leathanaigh aici. Bhí cuma uirthi go raibh sí i gceannas.

'Gabh mo leithscéal.' Chuir Amanda an guth is daingne aici uirthi féin. 'An féidir leat cabhrú linn le do thoil? Is oth liom go bhfuilimid beagáinín déanach, ach is é O'Connor ár n-ainm agus táimid anseo chun bualadh le buachaill darbh ainm Martinez.'

Chuir an cailín cuma smaointeach uirthi féin. Bhí cuma uirthi go raibh sí ag iarraidh cuimhneamh ar rud éigin. D'fhéach sí thar na páipéir ar an gclár fáiscthe. 'Cad é an t-ainm atá ar do bhuachaill?' a d'fhiafraigh sí di. Ansin, dúirt sí, 'Is oth liom gur sloinne an-choitianta é Martinez sa Spáinn!'

'Is é Jesus ainm ár mbuachalla,' a dúirt Amanda, agus dúirt sí é sa bhealach ceart ar ndóigh. Is fada ó bhí sí féin agus Hugo chomh hamaideach le cuid eile de mhuintir na hÉireann nuair a chonaic siad an t-ainm.

'Mise Jesus.' Gan choinne, labhair buachaill na gruaige oráiste. Labhair

Sharon leis: "An tusa Jesus? Jesus Martinez?'

Chlaon an buachaill a cheann.

Bhreathnaigh Jesus, William, Sharon agus Amanda ar a chéile.

Chas Amanda ar Sharon. 'Níl cuma an duine sa ghrianghraf air,' a dúirt sí.

'Cuirim dath ar mo chuid gruaige inné,' a dúirt Jesus.

Amuigh i gcarrchlós an aerfoirt, thug Janet poc dá fear céile: 'Chonaic mé an chineál sin bagáiste in iris, a Jimmy. Fíorleathar atá ann. An bhfuil tuairim agat cé mhéad a chosnaíonn sé seo?'

Bhí Jimmy réchúiseach. Bhí cás aige i ngach lámh.

'Is cuma. Tá leathar an-saor sa Spáinn. Nach maraíonn siad na tairbh sin uile? Caithfidh siad *rud éigin* a dhéanamh leis na craicinn. Ar aon chaoi, seans go bhfuair sé iad ar iasacht.'

Lean Janet ar aghaidh ag déanamh buartha: 'Agus féach ar an gcóta sin. Níor thit sé sin as cúl leoraí…'

'An stopfaidh tú? Seans go bhfuair sé sin ar iasacht freisin – nach bhfuil sé ar scoláireacht, díreach mar atá Billy?'

'Tá, ach féach air,' a dúirt Janet i gcogar. 'Tá fhios ag Dia cad leis a bhfuil sé cleachtaithe.'

'In ainm Dé, a Janet,' bhí Jimmy ag éirí an-chorraithe, 'níl an milleán air go bhfuil sé chomh dathúil. Is féidir le daoine bochta bheith dathúil freisin, tá a fhios agat.'

Ach ní raibh Janet ag éisteacht leis. 'Is trua nár éist tú liom faoin bpóirse a chóiriú. Cad a cheapfaidh sé? Buíochas le Dia go bhfuaireamar an páipéar balla nua don seomra bosca sin. Ach tá an seomra sin róbheag. Ba cheart dúinn é a chur inár seomra.'

'Cad?' Níor chaith *aon duine* anuas ar theach Jimmy O'Connor. 'Táimid chomh maith le haon duine eile, agus tá ár dteach chomh maith freisin.'

Chuir Janet isteach air. 'Éist, tóg Jesus agus Billy isteach sa bhaile. Abair leis gur mian leat turas tapa a thabhairt dó. Gheobhaidh mise tacsaí díreach abhaile agus socróidh mé é.'

Ba bheag nár phléasc Jimmy. 'Ní dhéanfaidh. Ní dhéanfaidh. Tá sé ag teacht abhaile go Tara Downs linne agus sin sin. Agus tá sé ag teacht anois.'

Lig Janet osna aisti. Sin é, briathar Jimmy. Amen.

Shiúil sí roimhe. 'Nílimid i bhfad uaidh anois, a Jesus. Inis dom faoi do mháthair. An bhfuil sí ag obair taobh amuigh den teach?'

D'fhéach Billy faoina shúil ar Jesus i solas an lae agus iad uile ag siúl tríd an gcarrchlós. Shiúil an buachaill mar a shiúlfadh réalta scannáin fiú. Shiúil sé ar a shuaimhneas.

Go tobann mhothaigh Billy míshuaimhneach. I gcomparáid le stíl agus le háilleacht dá leithéid, bhí seans ann gurbh é Billy é féin a bhí cosúil le *dweeb*.

Ar a laghad bhí an ghrian ag taitneamh. Bhí sé sin maith go leor. B'ionadh le Billy nuair a smaoinigh sé gurbh fhuath leis é dá mbeadh sé ag cur báistí.

D'fhéach sé arís ar a aoi. B'fhuath leis é a admháil, ach go dtí seo ní raibh Jesus ródhona. B'fhéidir go raibh sé beagáinín *cool*. B'fhéidir nach mbeadh sé chomh huafásach bheith ina thimpeall. B'fhéidir go mbeadh sé ceart go leor dul go Barcelona i ndeireadh na dála...

Go tobann, ba mhian leis go dtaitneodh Éire le Jesus. Ba mhian leis go dtaitneodh seisean leis.

'Táim ag tnúth lena lán comhráite

leat, a Bhilly.' Chas Jesus air. Cheapfá gur chuala sé smaointe Bhilly.

'Tá,' a dúirt Billy. Agus ansin, nuair a thuig sé go mb'fhéidir go raibh an freagra gairid sin drochbhéasach, 'Táim ag iarraidh a rá, ar ndóigh, go bhfuilim ag súil leis freisin.'

Ansin thuig sé go raibh sé i ndáiríre.

Bhí sé lom dáiríre nuair a d'oscail sé an bronntanas a thug Jesus dó. Péire jeans Boss. Ní bhfuair Mam Bhilly ach buidéal suarach uisce labhandair.

CAIBIDIL A NAOI

Tagann amhras ar Amanda

Níor dúirt sí é le aon duine riamh, ach thaitin Satharn an tsaoire bainc i mí Lúnasa le hAmanda i gcónaí. Rinne a gcairde uile rudaí do na laethanta saoire ag tosú go luath ar thráthnóna Aoine. Chuir siad suas leis an trácht ar an turas go hIarthar Chorcaí, mar shampla (agus ansin, don deireadh seachtaine ar fad, bhí faitíos orthu roimh an turas abhaile tráthnóna Luain). Ach shocraigh sí féin agus

Hugo fadó ó shin go mbainfidís tairbhe as an am go ciúin sa bhaile.

Ar aon chaoi, bhí obair le críochnú i gcónaí ag Hugo. Thaitin an smaoineamh leis nach gcuirfeadh duine ar bith isteach air le haghaidh lá damanta amháin ar a laghad.

Bhí a fhios seo ag Amanda nuair a stad sí taobh amuigh de dhoras dúnta sheomra staidéir Hugo. Bhí an teach chomh ciúin sin go raibh sí in ann gliogáil bhog mhéarchlár Hugo a chloisteáil. Theann sí a béal. Éigeandáil a bhí anseo. D'oscail sí an doras agus shleamhnaigh sí isteach.

Bhí na cuirtíní dúnta i gcoinne na gréine gile taobh amuigh. Bhí muineál Hugo sínte cosúil le muineál gé agus é ag féachaint ar an scáileán os a chomhair.

D'fhan Amanda.

Lean sé ar aghaidh ag gliogáil fós.

Níor thug sé faoi deara go raibh sí ansin.

Ghlan sí a scornach. Ansin: 'Tá brón orm cur isteach ort, a pheata. An féidir liom labhairt leat go tapa?'

D'éirigh Hugo as an ngliogáil agus d'fhéach sé timpeall.

Bhí a aghaidh chomh crosta le haghaidh feiréid. 'Cad é, a pheata? Nach bhfeiceann tú go bhfuil mé gnóthach? Lá damanta amháin, sin an méid a iarraim. Lá damanta amháin sa bhliain.'

'Tá a fhios sin agam, a pheata.' Sheas Amanda go daingean. 'Ach tá sé seo tábhachtach. Baineann sé le William agus a pháirtí malairte.'

Chaith fear céile Amanda a lámha suas san aer. 'Lá damanta amháin.'

Chas sé timpeall ina chathaoir leathair chun féachaint ar a bhean chéile. 'Mar sin, cad é an rud atá chomh tábhachtach sin?'

Tharraing Amanda anáil dhomhain. Chleachtaigh sí an méid a déarfadh sí. Shuigh sí síos i gcathaoir taobh leis an deasc agus shín sí chun tosaigh. Labhair sí go dian.

'Anois, tá aithne agat orm, a Hugo,' a thosaigh sí, 'Ní bhím ag gearán de ghnáth. Ach tá beagáinín imní orm faoin mbuachaill Spáinneach seo. Séard atá á rá agam ná gur tugadh *dearbhú* dúinn – chuir mé dua orm féin, a Hugo, *tá a fhios* agat gur chuir – go mbeadh sé oiriúnach. Dúradh linn freisin, más cuimhin leat, go raibh sé an-líofa sa teanga s'againne.'

Chroith Amanda a ceann le brón. 'Bhuel is oth liom a rá nach bhfuil sin fíor, a Hugo. Níl sé fíor ar chor ar bith. Is oth liom nach féidir leis an bpáiste bocht focal amháin a chur i ndiaidh focail eile. 'Mise Jesus Martinez. Is as an Spáinn dom. Cuirim dath ar mo chuid gruaige.'

Sin an méid. Tá William Óg ag rá cheana nach rachaidh sé leis, nach rachaidh sé *ar chor ar bith*, ar ais go Barcelona leis an mbuachaill seo. Ach tá a fhios agat cén toradh a bheidh air seo. Gheallamar cheana dul chuig an rud sin sa Mheánmhuir leis na Frasers. Cá bhfaighimid feighlí ar feadh trí seachtaine chomh mall seo? Agus rud eile –'

Bhrostaigh Amanda anois toisc go bhfaca sí go raibh a cuid ama beagnach thart. 'Anois, tá a fhios agat, a Hugo, nach duine ardnósach mé. Tá *a fhios* sin agat, a Hugo. Ach tá a fhios agat freisin an chaoi a bhfuil siad thíos ag an gclub leadóige sin. D'iarramar air éadaí bána a thabhairt leis. Ar a shon féin.'

Shuigh sí siar. 'Níl aon chomhartha díobh, is oth liom a rá. Níl ach ann cúpla t-léine a bhfuil droch-chaoi orthu, sin an méid. Tá a fhios agam nach bhfuil an milleán ar an bpáiste nó aon rud. Ach, is éard atá á rá agam, gan fiacail a chur ann, ná go gceapaim gur chuir siad púicín orainn.'

Stán fear céile Amanda uirthi. 'Mar sin, cad é ba mhaith leat uaimse?'

Stán Amanda ar ais air go macánta. 'An mbeadh sé ceart go leor leatsa, a pheata, dá gcuirfinn glaoch ar an áisíneacht. Ní hé gur féidir linn an buachaill a chur ar ais nó aon rud mar sin. Ní féidir, ar ndóigh. Ach níl ann ach go gceapaim nach bhfuil sé maith go leor. Beidh orthu rud éigin a dhéanamh dúinn.'

Chroith Hugo a ghuaillí. Ansin 'An féidir liom dul ar ais ag obair anois, le do thoil?'

Rinne Amanda meangadh. 'Go raibh maith agat, a pheata. Tá sé sin socraithe mar sin. Ta áthas orm go bhfuil tú ar aon intinn liom. Anois. Ní chuirfidh mé isteach ort a thuilleadh.'

Chomh luath agus a dhún sí an doras, chuala sí ruathar gliogála ó thaobh istigh. I gcuid eile den teach, bhí Jesus Martinez na gruaige oráiste ina shuí in aice le William ag consól Playstation William.

Bhí an Jesus seo ar neamh.

CAIBIDIL A DEICH

Scórálann Jesus

Bhí maidin Sathairn i dteach mhuintir O'Connor i bhFionnghlas an-difriúil le maidin Sathairn i dteach mhuintir O'Connor ar an taobh theas.

Bhí éadach boird curtha ag Mam Bhilly ar an mbord. Bhí cartún Tropicana ann chomh maith. D'ólaidís Squeez de ghnáth in áit an tsú oráistí galánta seo. Chuir a Mham smideadh ar a haghaidh freisin agus d'úsáid sí dhá chíor chun cruth deas a chur ar a cuid gruaige.

Bhí Deaid Bhilly ag léamh na leathanach rásaí. Bhí sé ag féachaint ar

Mham Bhilly ar bhealach an-aisteach, amhail is nach raibh a fhios aige cérbh í an bhean seo. Ach ag an am céanna, thaitin sí leis.

Níor fhág Doreen an leaba riamh roimh a dó a chlog ar an Satharn, ach bhí sise ina suí agus bhí jeans an-teann uirthi. Bhí sise aisteach freisin. 'Lig dom cabhrú leat leis sin, a Mham.' Agus 'An ndoirtfidh mé an tae anois, a Mham?'

Bhí a fhios ag Billy gurbh é Jesus ba chúis leis seo.

Shuigh páirtí malairte Bhilly go deas réchúiseach ag an mbord agus an bheirt bhan ag peataireacht air. Bhí Levis galánta agus geansaí cadáis dúghorm air agus thaispeáin an geansaí cadáis dúghorm cé chomh mín agus a bhí a mhuineál. Bhí boladh líomóideach ar an aer sa chistin.

Ansin cheap Billy gur measa an rud a rinne Doreen ná aon rud eile. Shín sí í féin chomh fada sin thar an mbord agus í ag doirteadh tae do Jesus gur cheap Billy go dtitfeadh sí.

Cheap sé freisin go raibh olann chadáis aici ina cíochbheart.

'An nglaofaidh mé ar Uncail Dick le haghaidh bricfeasta?' a d'fhiafraigh Billy go hard.

Ba ghránna an rud a rinne sé. Ach ba chuma.

Bhí sé sásta nuair a bhánaigh an bheirt bhan. 'Á ná glaoigh,' a dúirt a Mham go han-tapa. 'An Satharn atá ann. Lig don fhear bocht codladh níos faide.' Ansin chas a mháthair arís i dtreo Jesus: 'Bhuel, cad é a bheidh an bheirt agaibhse a dhéanamh inniu?'

Chas Jesus i dtreo Bhilly, agus cuma cheisteach ar a aghaidh.

Chroith Billy a ghuaillí.

'An bhfuil tuairim agat cad a d'fhéadfaidís a dhéanamh, a Dhoreen?' Chas Mam Bhilly ar a hiníon.

'Le do thoil, ná bíodh aon imní oraibh.' Chuir Jesus a thósta tirim ina thae agus é ag déanamh aoibhe ar gach duine. 'Ní miste liom. Déanaimse le Billy na rudaí a dhéanann Billy gach Sathairn, nach ndéanaim?'

Níor mhian le haon duine a rá go gcaitheadh Billy gach Satharn ina leaba.

Shocraigh siad eatarthu uile go rachadh Jesus agus Billy isteach go lár na cathrach. Thaispeánfadh Billy Barra an Teampaill do Jesus agus thaispeánfadh sé dó an chuid eile nua de Bhaile Átha Cliath a raibh gach duine ag labhairt air. Thug Jimmy cúig euro do Bhilly ionas go bhféadfadh sé burgar a fháil do Jesus i Thunder Bar. Dúirt sé freisin go dtabharfadh sé síob dóibh chomh fada le stad an bhus.

Tar éis dóibh imeacht, chuaigh Mamó Teresa ar ais chuig a hárasán, agus thug sí cupán caife dubh léi d'Uncail Dick.

Thosaigh Janet agus Doreen ag smaoineamh. Shocraigh Janet go raibh sé in am di dath a chur ina cuid gruaige: 'Don samhradh…'

Stán Doreen uirthi. Dúirt Doreen lena máthair gur cheap sí nár cheart di a cuid airgid a chur amú. Dúirt sí go raibh a cuid gruaige go deas mar a bhí sí. Tháirg sí cúpla rollóir a chur isteach ann di.

D'fhéach sí uaithi. Dúirt sí go mb'fhéidir go rachadh sí féin isteach go lár na cathrach. Bhí cúpla cent le caitheamh aici. Seans go bhféachfadh sí ar Thunder Bar. Bhí go leor cloiste aici faoi.

'Tá sé sin go hiontach,' a dúirt Janet.

Sula bhféadfadh ceachtar acu aon rud eile a rá, buaileadh cnag ar an doras tosaigh. Lig Janet osna aisti. 'Tá bonn euro i mo sparán ar an mbord halla,' a dúirt sí agus chas sí uaithi ar an doirteal. Thagadh fear *pools* chuig an teach gach maidin Sathairn.

Lig Doreen osna aisti: 'Cén fáth a mbíonn ormsa dul i gcónaí?'

Taobh istigh de nóiméad, bhí sí ar ais arís.

Agus bhí Sharon Byrne léi.

CAIBIDIL A hAON DÉAG

Fanann Jesus mar a bhfuil sé

'Bhí a fhios agam go raibh sé rómhaith bheith fíor.' Bhain Doreen an olann as a cíochbheart. Bhí na sreanga faoi na cupaí á marú. Ba chuma léi go bhfaca Sharon cad a bhí sí a dhéanamh. Ba chuma léi faoi gach rud.

Ceart go leor, bhí Jesus dhá bhliain níos óige ná í. Ba chuma. Bhí a leithéid go breá i gcás Joan Collins.

'Cén saghas duine é an buachaill eile?' chuala sí ceist a máthar agus bhí ceo feirge ar Dhoreen. Ba chuma léi cén sórt duine é, ní bheadh sé cosúil lena Jesus. Stad sí í féin. Ba í an fhírinne bhrónach go raibh an Jesus acu ag imeacht.

Dúirt sí lena máthair agus le Sharon go raibh sí ag dul suas staighre agus d'fhág sí an chistin.

D'fhéach Sharon ar Dhoreen agus í ag imeacht. Mar a d'imigh fuaim na gcos trom ar an staighre, chas sí siar ar Janet.

'Cén saghas duine é?' a dúirt sí.

'Tá sé – tá sé an deas' a d'fhreagair Janet. Chuir sí guth láidir uirthi féin. 'Tá sé an-deas ar fad. Ta pearsantacht iontach aige,' a dúirt sí le dóchas. 'Chuir sé dath ar a chuid gruaige an oíche sular tháinig sé anseo. An bocaí beag, Nach bhfuil sé sin go hiontach?'

'An buachaill beag a raibh na spotaí agus an ghruaig oráiste air?' Bhí uafás ar Janet.

D'fhéach Sharon díreach ar ais uirthi go cróga. 'Déarfainn gurb é sin

73

é,' a dúirt sí. 'Agus ceapaim go léiríonn an ghruaig dhaite go bhfuil sé an-suimiúil, nach gceapann tú féin? Sheas sé amach ón slua ag an aerfort inné, nár sheas?'

Ansin, agus Janet fós ag stánadh, lean Sharon ar aghaidh. 'Má theastaíonn uait, cabhróidh mé leat rudaí Jesus a phacáil, ionas go mbeimid réidh nuair a fhilleann sé ó lár na cathrach.'

'Fan nóiméad,' chuir Janet púic uirthi féin. 'Cá bhfuil an buachaill eile anois?'

Rinne Sharon iarracht a haghaidh a choimeád geal. 'Ó, tá an scéal ar fad ar eolas aige,' a dúirt sí. 'Tá sé ag tnúth go mór le teacht chun aithne a chur oraibh ar fad.'

Bhí a fhios ag an Jesus eile faoi, bhí sé sin fíor, ach ní raibh sé sásta ar chor ar bith. Bhí a mhála ag a chosa, agus bhí sé ina shuí go brónach sa seomra inar chodail sé ar feadh oíche amháin. Bhí sé ag fanacht go nglaofadh an Mama air chun dul sa charr agus dul chuig an teaghlach eile.

Chiceáil sé an mála. Bhí sé rómhaith bheith fíor. Níor oibrigh aon rud amach dó. Aon rud.

Nuair a fuair sé an scoláireacht mhalairte, choinnigh sé a anáil istigh ar feadh seachtaine amháin ar eagla go dtiocfadh duine éigin a déarfadh leis gur botún a bhí ann. Ansin, faoi dheireadh, nuair nár tháinig aon duine, bhí sé de dhánacht aige dóchas a bheith aige. Lig sé dó féin creidiúint go raibh an t-ádh leis uair amháin ina shaol.

Bhí sé amaideach é sin a chreidiúint. Amaideach. Amaideach. Amaideach.

Cé gur chuir an Mama snas ar an scéal ag rá leis go raibh an teaghlach eile an-deas agus go raibh go leor cosúlachtaí eatarthu, bhí a fhios ag Jesus nach raibh sí ag insint na fírinne. Ní raibh sé maith go leor don teach galánta seo, do na daoine galánta seo.

Lig sé osna as. Bhí siad ag súil go ndéanfadh sé rud éigin mícheart agus shocraigh sé go raibh sé chomh maith aige sin a dhéanamh.

D'fhéach sé ar an mbosca beag a rialaigh an teilifís. Bheidís ag súil go ngoidfeadh sé rud mar seo.

Mar sin shiúil sé chuige, phioc sé suas é agus chuir sé i bpóca mór tosaigh a sheaicéid é.

Tháinig Billy agus Jesus amach as Thunder Bar. Bhí torann agus raic sna sráideanna taobh amuigh agus bhí busanna ag brostú a n-inneall agus bhí druilirí ag sracadh an bhóthair.

Chuir Jesus a lámh faoi ascaill Bhilly. 'Ceapaim gur cairde muid.'

'Ar ndóigh.' Mhothaigh Billy míchompordach. 'Á – ní chuireann fir a lámha faoi ascaillí a chéile in Éirinn,' a dúirt sé agus é ag tarraingt a láimhe uaidh.

Bhí brón ar Jesus láithreach. 'Níl sé seo ar fad ar eolas agam. Caithfidh tú é a mhúineadh dom.' Rinne sé gáire arís, gáire iontach a chuir tine ina shúile.

Ní raibh Billy in ann diúltú dó. 'Múinfidh mé, ar ndóigh, a Jesus,' a dúirt sé agus é i ndáiríre. 'Múinfidh mé gach rud duit.'

Chreid Jesus focal Bhilly agus faoin am a raibh siad ag imeacht ón mbus ag a stad, bhí Billy ag míniú na ndifríochtaí idir léig an *Premiership* agus an léig a rith Cumann Sacair na hÉireann. Rinne sé achoimre air do Jesus in abairt amháin. 'Go bunúsach,' a dúirt sé, 'is cac í CSÉ.'

Ansin bhí air míniú cén chiall a bhí le 'cac'.

Nuair a bhí siad ag siúl abhaile ó stad an bhus, bhain Billy taitneamh as gáirí agus sracfhéachaint ardmheasa na ndaoine ar Jesus agus iad ag dul thart. Bhí an-áthas ar Billy leis féin. Cén fáth a raibh imní air faoin malairt seo? Bhí an mhalairt thar barr. Ba é Jesus an buachaill ba mhó "cool" a casadh ar Bhilly riamh.

Bhí siad ag réiteach chomh maith lena chéile go raibh an geit níos measa nuair a shroich siad an teach.

Ba é cnap bagáiste Jesus an chéad rud a chonaic siad. Ansin chonaic siad Sharon.

'Bhí mcascadh beag ann, a Jesus,' a dúirt Sharon sa ghuth sin arbh fhuath le Billy. 'Tá sé go maith go bhfuaireamar amach go tapa, sular shocraigh tú síos anseo.' Rinne sí gáire, gáire chlingeach bhréagach. 'Ach ní gá imní bheith ort, tá sé ar fad socraithe anois.'

Cúig nóiméad déag níos déanaí, ní raibh Sharon ag gáire a thuilleadh. Bhí Jesus ina shuí ag an mbord cistine, bhí aoibh álainn air, agus ba mhian leis fanacht mar a raibh sé. 'Is maith liom an áit seo,' a dúirt sé go deabhéasach le Sharon, chonacthas di gurbh é seo an fichiú huair a dúirt sé é. 'Is maith liom Billy. Más gá é, íocaim muintir O'Connor eile ionas gur féidir liom fanacht anseo le Billy.'

Bhuail Doreen a bosa amhail is go raibh sí ag seó. Bhí aiféala uirthi anois gur bhain sí an olann cadáis as a cíochbheart. Rinne Janet agus Jimmy gáire. Bhí gach duine an-sásta go roghnódh buachaill chomh hiontach sin a dteach thar theach ar an taobh theas.

Shlog Sharon go dian agus ba mhian léi go raibh Brigitte in aice léi chun a rá léi cad ba cheart di a dhéanamh.

'Fág liomsa é,' a dúirt sí.

Ar ndóigh nuair a dúirt sí sin, bhí a fhios acu go léir go raibh an bua acu.

Ní bheidh Jesus ag dul aon áit,' a dúirt Billy.

CAIBIDIL A DÓ DHÉAG

*An tionchar a bhíonn ag Jesus ar
mhuintir O'Connor Fhionnghlaise*

Mar sin d'fhan Jesus le muintir
O'Connor Fhionnghlaise.

Maidir leis an Jesus bocht eile,
cuireadh abhaile é go Barcelona. Ar
ndóigh thug Amanda faoi deara go
raibh an bosca beag in easnamh cúpla
nóiméad tar éis di dul isteach ina
sheomra.

Shocraigh Amanda go n-iarrfadh sí
ar Hugo an dlí a chur ar Irlanda
Exchange. Nuair a bheadh an t-am

aige ar ndóigh. Ba é an rud ba phráinní
anois ná feighlí a fháil le haghaidh na
trí seachtaine sin a bheadh sí féin agus
Hugo sa Med ar an rud sin le muintir
Frasers.

Ba chuma le muintir O'Connor
Fhionnghlaise faoi Amanda, ná Hugo,
ná William. Bhí sé ar intinn acu cóisir
mhór a dhéanamh do Jesus, chun
buíochas a ghabháil leis as muinín a
bheith aige astu.

Ba é an t-aon fhadhb ná Uncail
Dick. Bhí imní orthu faoin gcaoi a
mothódh Jesus faoi Uncail Dick nuair a
bheadh Uncail Dick faoi lánseol ag an
gcóisir. Ach ansin, de réir chomhairle
Jimmy, shocraigh siad gur chuma leo.
Ghlac sé leo ar fad mar a bhí siad go dtí
seo, nár ghlac? Ghlacfadh sé le hUncail
Dick freisin.

Chun ceiliúradh, chuir Jimmy a
lámh ina phóca arís agus thug sé cúpla

euro eile do Billy ionas go bhféadfadh Billy agus Jesus dul chuig Dioscó Aoine a bhí ag an Athair Moran ag an gclub óige.

Chaith siad an chéad chúpla lá eile ag réiteach don chóisir. Bhí sí le bheith ann an oíche Sathairn ina dhiaidh sin. Fuair Janet gloiní ar iasacht ó na comharsana uile. Bhácáil sí cistí agus thosaigh sí ag beiriú uibheacha do na ceapairí.

Ach thosaigh sí ag déanamh rud éigin as an ngnáth freisin. Ba ise an chéad duine a bhíodh ina suí ar maidin sa teach i gcónaí ach anois thosaigh sí ag teacht isteach sa chistin beagáinín níos déanaí ná na daoine eile. Ní hamháin gur tháinig sí isteach ach rinne sí cinnte go mbeadh gach duine in ann í a fheiceáil. Rinne sí méanfach go codlatach agus shín sí a lámh os a cionn. Dúirt sí go raibh brionglóidí deasa aici agus gur bhreá léi dul ar ais a chodladh agus brionglóid eile a bheith aici.

Bhí fallaing sheomra dheas chompordach ag Janet ar a raibh coinín. Níor chaith sí í níos mó. Chaith sí fallaing lonrach ar a raibh stríoca tíogair. Cheannaigh Doreen agus Billy di í don Nollaig. Chaith sí an fhallaing an mhaidin iomlán. Níor ghléas sí go dtí thart ar am lóin.

Agus thug Billy faoi deara go raibh gach rud á dhéanamh níos moille aici. Bhí sí ag siúl níos moille, ag labhairt níos moille, bhí sí ag féachaint níos moille ar dhaoine fiú. Chaith sí a lán ama ag féachaint ar Jesus.

Sna laethanta sin freisin, thug Billy faoi deara gur thosaigh a athair ag gearán faoi rudaí beaga. Bhíodh a athair chomh réchúiseach sin de ghnáth. Thabharfadh sé súil nimhneach ar Janet. Bhí a thae róláidir. Ní raibh an bóna ar a léine iarnáilte i gceart. Cad a bhí cearr leis an teach seo. Ní raibh sé in ann dhá stoca meaitseála a fháil.

Ar ndóigh nuair a bhí gach duine míshásta d'fhulaing Billy.

Chuir seo mearbhall ar Bhilly. Ní raibh muintir an ti mar a bhí siad. Roimhe seo bhí siad sásta agus ag réiteach lena chéile, ach anois bhí siad ag éirí níos cantalaí diaidh ar ndiaidh.

D'éirigh Doreen an-chantalach, an-cholgach lena máthair.

Bhí Janet cantalach le Jimmy.

Chuala Billy Mamó Teresa ag labhairt go feargach lena mháthair nuair a d'iarr Janet ar Mhamó Teresa cabhrú léi an troscán sa seomra suí a bhogadh.

Bhí an troscán ceart go leor mar a bhí sé, dúirt Mamó Teresa agus a srón suas san aer. Ní bheadh aon pháirt aici leis an raic uile a bhí ar bun.

Bhí mearbhall ar Bhilly. Cén raic?

Ba é Jesus an t-aon duine a bhí ar a shuaimhneas sna laethanta sin. Chonacthas nár thug sé faoi deara go raibh daoine ar cipíní. Ba é an t-aoi foirfe é. Chabhraigh sé le Janet leis na gréithe a ní. Bhí a sheomra codlata go slachtmhar gach maidin. Shiúil sé le Billy chuig na siopaí áitiúla chun arán a fháil do na ceapairí. Níor shásaigh aon rud é ach bláthanna a cheannach do mháthair Bhilly chun buíochas a ghabháil léi as a cuid oibre uile.

Tháinig deora chun súile Janet, dúirt sí nach bhfuair sí bláthanna ó bhí sí ina cailín.

Bhí ar Bhilly admháil go raibh Jesus go hiontach taobh amuigh den teach freisin. Fuair sé amach go raibh Jesus an-mhaith ag imirt peile agus cispheile agus bhí an-tóir air láithreach do gach spórt ar an mbóthar. Ba é Anthony Martin dlúthchara Bhilly agus thit

Anthony Martin fiú i ngrá le Jesus agus ní raibh éad air go raibh ar Bhilly am a chaitheamh leis.

Ní dhearna sé aon dochar do Bhilly go raibh an réalta seo ina chónaí ina theach.

Maidir lena theaghlach, shocraigh Billy gurb í an imní faoin gcóisir ba chúis le gach rud. Ní raibh cóisir acu ina theach ó tháinig Mamó Teresa agus Uncail Dick chun cónaí leo.

CAIBIDIL A TRÍ DÉAG

Téann Jesus chuig dioscó

Ba é Anthony an DJ an oíche sin agus chroith sé lámh le Jesus agus Billy nuair a tháinig siad isteach. 'An chéad cheann eile seo, is le haghaidh Mhary agus Dhecco é, tá siad ag ceiliúradh go bhfuil siad ag dul amach le ceithre mhí.' a bhéic se.

Tháinig an tAthair Moran chuig Anthony agus chuir sé a bhéal chomh gar agus a d'fhéadfadh sé le cluas dheis Anthony. 'An bhfuil aon rud i do bhailiúchán a chuirfeadh ár n-aíonna eachtrannacha ar a suaimhneas?'

Níorbh é Jesus an t-aon Spáinneach sa halla. Bhí go leor eile acu ann, cúpla Iodálach agus Sasanach amháin a raibh cuma air go raibh sé bréan den saol. Bhí an gnó de mhalairt mac léinn ag dul chun cinn go maith sa cheantar.

Tharraing an tAthair Moran siar beagán ó chluas Anthony. 'B'fhéidir ceann de na Eurovisions?'

Léim Anthony siar amhail is gur lig duine éigin broim. Bhí eagla air go gcloisfeadh aon duine é seo. 'Á, níl, a Athair,' a dúirt sé, 'ach má fhanann tú, ceapaim go bhfuil an rud ceart agam.' Chuardaigh sé agus fuair sé singil CD. 'Seo é a Athair.' Ansin, agus é ag ardú a gutha arís: 'Hey – HEY! YAY! AMIGOS! WOWEE!'

Nuair a thosaigh céad nótaí 'La Macarena' sa halla thug Billy sonc sna heasnacha do Jesus. 'Caithfidh tú éirí, a Jesus.' Bhí Billy ag iarraidh nach ligfeadh a Spáinneach pearsanta síos é.

Shín sé a mhéar i dtreo Dhoreen. Bhí sise le dream cairde ardnósacha in aice leis an stáitse agus ag iarraidh ligint uirthi gur cuma léi.

'Seo ceann maith chun iarraidh ar Dhoreen damhsa dó,' lean Billy ar aghaidh. 'Ní bheidh ort lámh a leagan uirthi fiú sa cheann seo.'

Dhá uair an chloig ina dhiaidh sin, bhí frustrachas ar Dhoreen. Dhamh-saigh sí le Jesus. Dhamhsaigh a cairde le Jesus. Ach d'aontaigh siad ar fad, cé go raibh sé go hálainn agus gach rud, nach bhféadfadh aon duine acu é a spreagadh.

Ní raibh sé fuar nó leadránach nó aon rud mar sin. 'Níl ann ach nach bhfuil sé *linn* nó rud éigin,' a dúirt Betty. Bhí Betty saor don oíche toisc nach raibh a buachaill ann.

Anois bhí Doreen amuigh le Jesus. Bhí toitín ag teastáil uaithi agus bhí sé ródhea-bhéasach diúltú dul léi.

D'fhéach sí suas air. 'Is páistí iadsan ar fad istigh ansin,' a dúirt sí.

'An rithfimid síos chuig an siopa sceallóg? D'fhéadfainn iasc agus singil a alpadh.'

Bhí cuma an mhearbhaill ar Jesus. 'Alpadh?'

Lig Doreen osna aisti. 'Ná bac leis,' a dúirt sí.

'Insím do Bhilly go – '

'D'inis, a Jesus,' cheartaigh Doreen é. *'D'inis* tú dó –'

'D'inis mé dó go dtéim amach leat le haghaidh toitín amháin. Tá do thoitín críochnaithe agat anois. Tá mise an-fhuar. Tráthnóna an-fhuar atá ann. Le do thoil, téimid isteach?'

Lig Doreen osna aisti. Rinne sí iarracht uair amháin dheireanach. 'Ní rachaidh ach má thagann tú ag damhsa liom?'

'Ar ndóigh.' Tháinig cuma cheisteach ar Jesus. 'Ach gach duine ag iarraidh – *tá gach duine ag iarraidh orm* – damhsa. Ní féidir liom diúltú, an féidir? Níl sé *dea-bhéasach*?'

D'fhéach Doreen go géar air. 'Uaireanta, a Jesus, níl a fhios agam an bhfuil tú ag spochadh asam.'

'Ag spochadh asat?' Tháinig cuma cheisteach air arís. 'Ní thuigim an spochadh – '

'Ó in ainm Dé, bíodh cead do chinn agat' shiúil Doreen amach uaidh agus bhí fearg uirthi leis. Bhí sí bréan de. D'fhéadfadh Jesus dul go hifreann.

Lean Jesus í.

Istigh bhí sos ann sa cheol. Chonaic Billy Jesus ag teacht isteach. Bhí Billy ag ól Coca-Cola as canna. 'Táim anseo, a Jesus,' a ghlaoigh sé.

Shiúil Jesus chuige. 'A Bhilly, an féidir linn dul abhaile go luath, le do thoil?'

'Tá sé ceathrú chun a dó dhéag,' a d'fhreagair Billy. 'Beidh sé thart i gceann cúig nóiméad déag. An bhfuil paicéad criospaí ag teastáil uait?'

Chuir an tAthair Moran isteach orthu. 'Conas atá sibh, a bhuachaillí? An bhfuil sibh ag baint taitnimh as? Tá roinnt ban iontach anseo anocht – nach bhfuil?'

Níor chuala siad na focail eile toisc gur phléasc 'Never Ever' le All Saints as na callairí.

'Amhrán iontach ar fad atá san amhrán sin,' a bhéic an tAthair Moran go sona. 'Taitníonn na Spice Girls go mór liom. Ar aghaidh libh anois, an bheirt agaibh.' Bhuail sé an bheirt acu ar a ndroim. 'Níl mórán ama fágtha agaibh chun teacht le chéile – eh? Shoo! Amach ansin anois, amach – greadaigí libh.'

Lean Jesus Billy chuig an urlár damhsa. '"Teacht le chéile"? a Bhilly, cad a chiallaíonn an "teacht le chéile" seo?'

CAIBIDIL A CEATHAIR DÉAG

Baineann Jesus preab as Billy

Bhí sé tar éis a haon ar maidin.

Bhí Jesus agus Billy ina suí ar an tolg sa seomra suí. Bhí an seomra feistithe cheana le slabhraí páipéir don chóisir. Ghoid Billy roinnt vodca a bhí acu don chóisir. Bhí an bheirt acu á ól measctha le Coca-Cola agus iad ag féachaint ar fhíseán Don Johnson.

Níor las siad an príomhsholas, agus chuir an solas ón lampa boird ar an mbord caife cuma theolaí ar an seomra.

Bhain Jesus slog as an deoch. 'Ní bhíonn ócáidí mar sin againn i mBarcelona,' a dúirt sé. 'Ta súil agam nach mbeidh díomá ort.'

Rinne Billy meangadh le háthas. 'Áit shuarach atá in Éirinn. Ní féidir liom fanacht. Is seafóid é an físeán seo.' Sheas sé. 'Táim stiúgtha leis an ocras, an bhfuil sceallóga ag teastáil uait? Is féidir liom iad a dhéanamh nó d'fhéadfaimis dul amach arís chuig an siopa sceallóg.'

Lig Jesus air go raibh sé ag ligint uaille as. 'Bí i gconaí. Gach duine in Éirinn ag ithe an t-am fad –'

'*Bíonn* siad ag ithe.' Bhí Billy ag cur as an teilifís. Bhí sé cleachtaithe le teanga Jesus a cheartú anois. 'Deir tú *"bíonn siad ag ithe".*'

'Bíonn siad ag ithe,' rinne Jesus aithris air. 'Sea, Go raibh maith agat. Ach níor mhaith liom sceallóga a ithe anois, go raibh maith agat.'

'Ó ceart go leor,' d'fhreagair Billy go héadrom. 'Rachaidh mé isteach sa chistin. Beidh rud éigin fágtha amach dúinn ag Mam. Ach is dócha gur *sailéad* suarach atá ann. Buíochas leatsa, a dhobhráin!' Bhuail sé Jesus go magúil ar an lámh agus é ag dul thairis.

Ach léim Jesus suas agus é ag gáire, bhuail sé ar ais é agus sula raibh a fhios ag Billy, bhí siad ceangailte lena chéile, ag iomrascáil, ag gáire, ag ligint orthu go raibh siad ag troid.

Go tobann bhí Billy ar an tolg faoi Jesus agus aghaidh Jesus an-ghar dá aghaidh féin.

D'éirigh siad as an troid. Bhí Billy ag mothú an-aisteach ar fad. Bhí gach saghas mothúchán ag rith suas agus síos taobh istigh de. Agus i gceann soicind nó dhó: bhí sceitimíní air, bhí sé gafa, bhí aiféaltas air, bhí sé fiosrach, bhí eagla air, bhí náire air, agus tháinig sceitimíní air arís. Den chuid is mó bhí sceitimíní air.

Bhí a fhios ag Billy gur cheart dó éirí. Ba cheart dó Jesus a bhrú ar leataobh agus éalú. D'fhéadfadh sé gáire a dhéanamh ansin. D'fhéadfadh an bheirt acu gáire a dhéanamh ansin. Ach níor bhog sé. Bhí anáil Jesus te. Bhí boladh deas air.

Phóg Jesus Billy go séimh.

'Cad sa DIABHAL atá ar siúl anseo?'

Thar ghualainn Jesus, chonaic Billy aghaidh scanraithe Jimmy ag an doras. Sa mharbhsholas bhí sé cosúil le masc Oíche Shamhna.

Las a athair an príomhsholas go tapa mar a tharraing Billy é féin amach as faoi Jesus.

Ní raibh an chuma ar Jesus gur cuireadh as dó ar chor ar bith. 'Tráthnóna maith, a Mr. O'Connor,' a dúirt sé go deabhéasach. 'Bhíomar –' Stad sé agus é ag iarraidh an focal ceart a fháil.

'A Janet!' a bhéic Jimmy.

CAIBIDIL A CÚIG DÉAG

Ní mhíníonn Jesus riamh

Laistigh de shoicindí bhí Doreen agus Janet ina seasamh, ag stánadh isteach sa seomra suí. Ní raibh Jimmy in ann dhá fhocal a chur le chéile. Bhí a aghaidh corcra.

Bhí fonn ar Bhilly caoineadh ar nós linbh ach go raibh eagla air go dtarlódh rud éigin uafásach dá ndéanfadh sé é.

Ba é Jesus an t-aon duine nach raibh buartha. Chroith sé a ghuaillí. Bhí cuma air go raibh sé ag smaoineamh 'Cén dochar?'

Faoi dheireadh, d'éirigh le Jimmy

cúpla focal a rá. 'Téigh – téigh a chodladh – tusa –' Bhí a lámh ar crith agus é ag síneadh a méire i dtreo Bhilly ar dtús agus ansin i dtreo an Ghrianáin.

Rith Billy thairis, agus eagla air go mbuailfeadh sé é, cé nár bhuail Jimmy ceachtar dá pháistí riamh ina shaol.

'Maidir leatsa –' chas Jimmy ar Jesus: 'Maidir leatsa …'

Arís níor éirigh leis labhairt. 'Labhair tusa leis,' bhéic sé ar Janet. Ansin rith Jimmy suas staighre.

Bhí Janet ina pitseámaí agus bhí sí fós leath ina codladh. Chas Janet ar Dhoreen. 'Arbh é an vodca a chuir as do Jimmy nó cad?'

Thug Doreen súil nimhneach ar Jesus. 'Níorbh é, a mháthair,' a dúirt sí agus oighear ag stealladh as gach focal. 'Níorbh é an vodca.' Rug sí greim ar lámh Janet agus tharraing sí amach ón doras í agus suas an staighre.

Bhí Jesus ina aonar sa seomra suí. Bhí iontas dea-bhéasach air. Shuigh sé siar ar an tolg arís. Ansin thuas staighre lig Janet scread ba chosúil le fuaimeanna ifrinn ag teacht tríd an teach.

Bhain sé slog eile as a vodca.

CAIBIDIL A SÉ DÉAG

Réitíonn Sharon é

An mhaidin dár gcionn, nuair a shroich Sharon leac dorais mhuintir O'Connor Fhionnghlaise, ní raibh Billy le feiceáil aon áit. Dhúisigh Jimmy é go luath. Tharraing sé amach as an nGrianán é, isteach sa charr agus síos faoin tuath go col ceathrar Mhamó Teresa. Bhí sé le fanacht ann ar feadh seachtaine. Ní bheadh aon argóintí ann faoi.

Nuair a bhuail Sharon an doras d'oscail Janet é. Bhí aghaidh Janet reoite. Taobh thiar de Janet bhí cnap néata de bhagáiste Jesus. 'Ná labhair. Ná déan aon rud ach é a thabhairt ón áit seo,' a dúirt Janet.

Shiúil Sharon isteach sa halla agus thóg sí an chéad mhála taistil. Bhí a muinín as Brigitte ag maolú (cur amú ama a bhí ann an solas cosanta a chur timpeall aon duine de na daoine seo).

Ba é seo a tasc deireanach d'Irlanda Exchange mar shocraigh Sharon go n-éireodh sí as an bpost. Bhí an post seo á crá.

Labhair sí go deorach lena Deaid faoi go déanach an oíche roimhe agus d'aontaigh seisean gur cheart di imeacht. Níor chóir go mbeadh ar aon duine cur suas leis an strus seo. Bheadh sé chomh maith di bheith ina hoibrí shóisialta.

Bhí Jackie ag iarraidh Janet a mhealladh chun foirm éigin a shíniú nár chuir milleán ar an áisíneacht, choinnigh Sharon a ceann síos, agus cás amháin i ndiaidh a chéile, thóg sí cáis Jesus amach go seancharr Mondeo briste Jackie.

Ba mhian léi bheith ina Polo glan ciúin. Ní raibh uirthi fanacht ach leathuair anois agus d'fhéadfaidís an buachaill a dhumpáil ag an aerfort agus bheadh sí saor.

Bhí nóiméad uafásach amháin ann nuair a tháinig Jesus anuas an staighre agus bhí air dul thar Janet ag an doras. Chuir sé a lámh amach amhail is go raibh sé chun lámh Janet a chroitheadh.

Cheap Sharon go bpléascfadh Janet. D'oscail Janet a súile chomh mór sin agus bhí saothar anála uirthi. D'oscail sí agus dhún sí a béal ar nós éisc ach níor tháinig aon rud amach. Bhí seanfhallaing sheomra ghioblach uirthi agus bhí coinín ar an bpóca. Tharraing sí í seo go teann uirthi amhail is go raibh sí préachta leis an bhfuacht.

Fad is a bhí Jesus fós ina sheasamh ansin, chas sí agus rith sí isteach sa chistin.

Ba leosan Jesus. Ba le Sharon agus Jackie é.

CAIBIDIL A SEACHT DÉAG

A saol i ndiaidh Jesus

Mar sin de, ní dheachaigh Billy go Barcelona, agus tar éis do Jesus imeacht, d'fhill an saol ar gcaoi a raibh sé roimhe.

Ach níor fhill sé i gceart.

D'éirigh Billy gruama, níos gruama ná mar a bhí sé sular tháinig Jesus isteach ina shaol. Ní raibh sé in ann labhairt faoi mhná gan smaoineamh ar phóg milis aisteach Jesus.

D'éirigh Anthony bréan de. Bhí Mamó Teresa bréan de freisin, agus tar éis cúpla seachtain ag féachaint ar Bhilly ag dul thart go gruama, d'iarr sí ar an Athair Moran cabhrú.

Chuir an tAthair Moran barr ar an donas. Ba é réiteach an Athar Moran gur cheart do Bhilly dul isteach in An Óige agus dul amach in aer glan sléibhe Dé. Dúirt sé go raibh gach buachaill trína chéile nuair a bhí siad thart ar aois Bhilly agus dúirt sé le Billy go dtiocfadh sé as.

Ba í an fhadhb nach raibh a fhios ag Billy ar mhian leis teacht as. Ba chuma leis gur scar Anthony leis. Mar anois cheap sé go raibh caint Anthony faoi irisleabhar *Playboy* agus Pamela Anderson páistiúil. Agus é tar éis triail a bhaint as an taobh fhiáin, níor mhian le Billy cur suas leis an tseafóid pháistiúil sin a thuilleadh.

Ach ghlac sé le tairiscint an Athar Moran an ríomhaire a úsáid ag an teach paróiste. Cosúil lena chairde ar fad, bhí a fhios ag Billy conas an tIdirlíon a úsáid agus, chomh luath agus a d'fhág an tAthair Moran ina aonar é, fuair sé suíomh do 'Barcelona'. Agus é ag iarraidh an áit ina raibh Jesus ina chónaí a shamhlú, chuaigh sé ar thuras fíorúil ar radhairc uile na dturasóirí.

Ansin tháinig fearg air. Bhí cuma álainn ar an áit. D'fhéadfadh sé bheith ina shuí sa ghrian le Jesus. D'fhéadfadh sé bheith ag baint sloganna as deochanna cearta in áit na ndeochanna páistiúla a thug siad ag an gclub óige. D'fhéadfadh sé bheith ag snámh san fharraige os cionn gainimh órga agus ag caint le mná Spáinneacha ina mbicínithe.

Ba í an fhadhb í nach raibh a fhios aige cé air a bhí an milleán. Ní raibh a fhios aige conas a bhraith sé faoi na mná seo ina mbicínithe. Cé gurbh fhuath leis é a admháil, bhí an ceart ag an Athair Moran. Bhí gach rud trína chéile.

Lá i ndiaidh a chéile, bhí fearg Bhilly ag éirí níos measa. Bhí an milleán ar dhuine éigin, bhí sé sin fíor.

Ní raibh sé in ann an milleán a chur ar aon duine toisc gur tháinig smaointe uafásacha isteach ina intinn faoi Jesus. Mar sin de, d'fhan Billy ina leaba sa ghrianán don chuid eile den samhradh. D'ith sé ansin, chodail sé ansin agus níor tháinig sé amach ach chun dul chuig an seomra folctha. Ní raibh aon duine sa teach in ann cabhrú leis toisc go raibh a gcuid fadhbanna féin acu.

Doreen, mar shampla. D'inis Doreen do Bhetty faoi rún go raibh a fhios aici go deimhin anois nach bhfaigheadh sí buachaill arís. Cén fáth nach raibh sí in ann Jesus a chur i gceart? Bhí sé sa teach céanna léi nach raibh? Bhí sí ina cónaí leis de lá is d'oíche.

Níorbh aon mhaith do Bhetty í a chur ar a suaimhneas agus a rá léi go bhfaigheadh sí buachaill ar ndóigh, go bhfuair gach duine buachaill luath nó mall. Ní dhearna Doreen ach súil nimhneach a thabhairt do Bhetty, shiúil sí díreach isteach sa siopa sceallóg agus d'ordaigh sí burgar agus singil mhór.

Agus ansin Janet. D'fhéach Jimmy suas uaireanta agus chonaic sé go raibh sí ag féachaint air trí shúile cúngaithe. 'Cad atá cearr leat?' a d'fhiafraigh sé di.

Ba é toradh na ceiste go ndearna Janet gearán faoi dhath a charbhait. Nó cén fáth nach bhféadfadh sé snas a chur air féin? Nó cén fáth nach bhféadfadh sé bearradh gruaige a fháil? Nó cén fáth nár chaith sé amach na seanbhróga sin, in ainm Dé…

Ní fhéadfadh Jimmy bocht labhairt le haon duine faoi aon rud. Go háirithe, ní fhéadfadh sé labhairt faoin mbearna ina chroí san áit a raibh a phósadh uair amháin. Thosaigh sé ag dul chuig an teach tábhairne in áit teacht abhaile chun féachaint ar shúile dúnta a mhná.

Maidir le Mamó Teresa, d'éirigh sí as canadh agus í sa teach agus ba mhinic a fuair siad í ina suí i gcathaoir agus ag stánadh i bhfad uaithi. An chorruair a labhair sise agus Billy lena chéile, bhí a fhios acu nach mbeadh an focal 'Barcelona' luaite. Ach i gcónaí bhí a fhios acu nach ndeachaigh Billy go Barcelona agus bhí an fhíric sin eatarthu mar a bheadh bearna mhór ann.

Bhí gach duine athraithe.

Gach duine ach amháin Uncail Dick ar ndóigh. Mar a tharla sé, ba é Uncail Dick an t-aon duine i scéal Bhilly a bhí díreach mar a bhí sé sular tháinig Jesus go Fionnghlas.

Ach amháin Jesus, ar ndóigh.